# 命の輝き
いのちのかがやき

未来

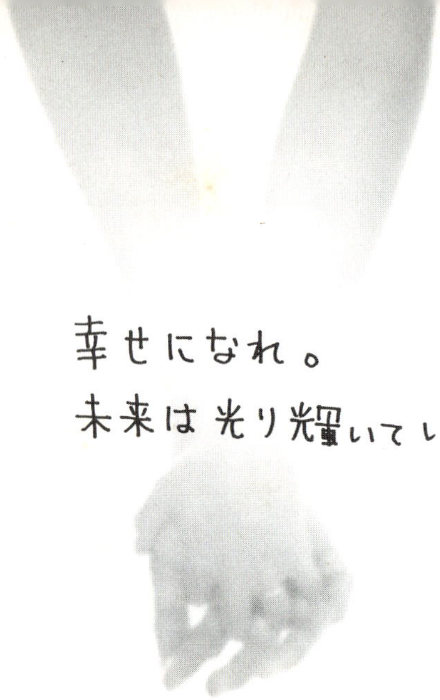

# 幸せになれ。
# 未来は光り輝いている

contents

本書のタイトルおよび口絵、
章タイトルは著者の自筆によるものです。

Cover Photo and Cover Design：Tetsuya Asakura (design CREST)

作品中一部、飲酒・喫煙等に関する表記がありますが、
未成年者の飲酒・喫煙等は法律で禁止されています。

# 第1章　なみだ

## 家族

美人でもない。可愛《かわい》くもない。頭がいいわけでもない。
なんの取《と》り柄《え》もない普通の女の子。
あたし、川瀬未来《かわせみく》。
あたしの家族は両親と二つ年上の兄、秀行《ひでゆき》。そして一つ年下の妹、愛《あい》。それにあたしの五人家族。
割と裕福な家庭に育ち、近所でも仲のいい家族で有名だった。
父は休みの日は必ず、遊園地、動物園、水族館——。
あたしたち兄妹《きょうだい》の行きたいところへ連れて行ってくれた。
出かける日は、母は必ず朝早く起き、家族のお弁当を作ってくれた。あたしはその卵焼きが大好物だったのを覚えている。
今では、その卵焼きがどんな味だったかも思い出せない。
兄はサッカーが大好きで小学校の低学年の頃《ころ》から地元のチームに所属し、あたしも見よう見まねでサッカーをやっていた。
兄は優しくて、あたしたち妹をいつも練習に連れて行ってくれた。あたしは、兄の友だちやサッカーチームの監督に可愛がられていた。
今思えば、男まさりな性格だったかもしれない。
妹の愛は本が好きで、いつも本を読んでいた。

そして五歳からピアノを始めた。
父は、愛のために大きなグランドピアノを買った。
父いわく、自慢の子どもたちだったらしい。
あたしはといえば、いつもクラスの男の子とけんかをして、よく母に怒られていた。
でも父は、そんなあたしを見て笑っていた。
おしとやかにしろ！なんてことは言わず、未来は未来らしくしてなさい。それが父の口癖。
兄はスポーツ万能。妹は成績優秀。
あたしはというと、勉強は中の中。
スポーツだけはできていたと思う。
そんなあたしたちを、両親は分け隔てなく可愛がってくれた。
幸せだった。
でも、そのときのあたしは、それを当たり前のように感じていたのかもしれない。
大好きな両親、そして兄妹。
いつまでもそばにいられる。
そう思っていたのかもしれない。
そしてあたしも成長し、中学に上がる。
家族に変化が訪れる。
まだ中学生のあたしには受け止めがたい現実が待っていた。

# 崩壊

「未来はお母さんの宝物よ。お母さんは未来が大好きよ」
「未来が嫁に行ったら寂しいだろうな。お父さんはずっと未来の味方だぞ。未来は宝物だ」
そう言ってくれた家族は、もういない。
家族の絆《きずな》って、こんなにももろいものなの？
いつだってつらいときは助け合ってきたじゃない。
昔みたいには戻れないの？
一度壊れたものはもとには戻らないの？

家族に亀裂《きれつ》が入り始めたのは、あたしが中学二年のとき。
父はもともと残業などで帰りが遅い。
遅くに帰って来ては母とけんかする毎日。
父と母のけんかで、あたしたちは目を覚ます。
ひどいときには食器が飛び、割れる音が聞こえる。
「あんたなんか殺してやる！」
そう言って母が、父に包丁を向けたこともあったくらいだ。
けんかしないで……。
思っても言えるはずはなく、毎晩布団の中で脅《おび》えていた。
そんな生活がしばらく続き、まるで毎日が地獄のようだった。
あんなに大好きだった家族が罵《ののし》り合い、傷つけ合い……。

でもあたしはお姉ちゃんなんだから、しっかりしなきゃいけない。そう自分に言い聞かせ、毎日泣きじゃくる愛を抱きしめ励ました。
「きっと大丈夫だから。昔みたいに戻れるよ」
なんの根拠もない、あたしの戯言《たわごと》。
もう昔みたいには戻れないって、頭の片隅では理解していたのに。
高校生の兄は友だちのところに入り浸り、家に帰ってくることもない。
兄とあたしと妹の間にも、いつの間にか確執ができていた。
「未来は俺《おれ》の大事な妹だ！　いじめたら許さねえぞ！」
「俺は、未来も愛も大好きだよ」
優しかった兄は、もうどこにもいない。
そんな毎日が続くうち、父はしだいに家に帰らなくなった。
愛し合って結婚したんじゃないの？
愛し合ってあたしたちが生まれたんじゃないの？

あたしと妹の愛は母に連れられ、今まで住んでいた一軒家を出て小さなアパートへ引っ越した。
愛の大事にしていたグランドピアノは中古で売りに出された。
愛がお父さんに買ってもらった大事な大事なグランドピアノ。
愛がピアノを弾いてる姿を見ることは、もうないんだ。

グランドピアノが引き取られていくとき、愛の目には涙が浮かんでいた。
ピアノが大好きな愛。グランドピアノを父に買ってもらったときの愛の顔を思い出すと、胸が痛んだ。
大切なものが、どんどん失われていく。

父と別居を始めてから、専業主婦だった母はあたしたちを養うため、昼はパート、夜はスナックで働く毎日。
しだいに家族の会話も減っていった。
母は帰って来てはタバコを吸い、酒を飲み、愚痴をこぼしてばかりいた。
「あんたたちのせいよ。あんたたちがいなければ、こんな目に遭わなくて済んだのに。お願いだから消えてちょうだい！」
何度、この言葉を投げかけられただろうか。
何度も何度も罵られても、母を嫌いにはなれなかった。
そして父のことも。
あたしは現実を受け止められなかっただけかもしれない。
家族は本当にバラバラになり、自分の居場所すらなくなってしまった。

そんなある日、いつものように酔っ払って帰って来た母に罵られた。
「未来、あんたは本当にクズね。愛みたく勉強もできなきゃなんの取り柄もない。あんたなんか産まなきゃよかった！　あんた見てると、あの人を思い出して腹が立つのよ！　あたしの前から消えなさい！　あんたなんか、いらない！」
怒りの矛先はあたしに向けられた。
この言葉がきっかけで、あたしのイライラが爆発した。
「あたしはお父さんも大好き！　悪く言わないで！」
「なに生意気なこと言ってんのよ！　あんたはあの男にも捨てられたんだよ！　あんたの味方なんか、だれもいないんだよ！　だれも、あんたなんか必要としてないんだよ！　あんたなんか死んじゃえばいいのに！」
そう言い放ち、母はあたしをあざ笑った。
あたしは必要とされていない。
だれにも愛されていない。
あたしは、ここにいちゃいけない。
あたしはボストンバッグに必要なものを詰め、家から出ようとした。
もしかしたら母が引き止めてくれるかも……。
それは淡い期待だった。
母はあたしになんか目もくれず、お酒を飲みながらテレビを見ていた。
あたしを引き止めてくれたのは愛だけだった。
「お姉ちゃん行かないで！　置いてかないで！」
泣きじゃくる愛の手を振り払い、あたしは家を飛び出した。

もちろん行くあてなどなかった。
家を飛び出し、夜の街をフラフラ歩いていると、
「あんた中学生？　その荷物は家出でもしたの？」
と声をかけられた。
あたしがうつむいてると、
「あたし那奈《なな》。あんた名前は？」
はつらつとした声でその女の子は話し出した。
「未来……」
あたしは消えそうな声で、名前をつぶやいた。
「未来ね。行くあてないんでしょ？　うち来なよ」
彼女に言われるがままに、あたしはついて行った。
なんで、知らない人なのについて行ったんだろう。
今となっては不思議で仕方ない。
自分の居場所が欲しかったのかな？
だれかに認めてほしかったのかな？
那奈の家は広くきれいで、一目でこの家は裕福なんだなと思った。
でも家にはだれもいない。
本当に静かだった。
あたしが不思議そうにキョロキョロしていると、
「あたし親にほっとかれてるから」
那奈はそう言って笑った。
「まっ、金ならいくらでもくれるし」
そう言って、また笑ってみせた。

那奈はあたしより二つ上の高校一年生。
きれいな栗色《くりいろ》の髪。耳にはたくさんのピアス。そしてクリクリとした大きな目が特徴だった。
「好きなだけ、いていいから」
そう言って、彼女は冷蔵庫から缶ビールを取り出し、あたしに渡した。
初めてのビール。
「苦っ！」
あたしがそう言うと、
「マジ信じらんない！　あんた飲んだことないの？」
そう言って那奈は腹を抱えて爆笑した。
それにつられて、あたしも笑った。
少しだけ……本当に少しだけ寂しさが吹き飛んだ気がしたんだ。

あたしは那奈からタバコも教えてもらい、どんどん悪い方向に染まっていった。
でも当時は、大人になれたようでうれしかった。
居場所ができてうれしかったのかもしれない。
そんなことしても大人になれるわけでもなく、なんの意味もないのに。
あたしは、まだまだ子どもだった。
夜はカラオケに行ったり、ナンパされて初対面の男の子たちとオールしたり……そんな毎日。

そのときは楽しかった。
那奈はあたしにプリカの携帯を買ってくれた。
出会い系でオヤジを捕まえ、待ち合わせしてホテルでオヤジがシャワーを浴びてる隙《すき》に財布から金を盗んで逃げた。
いけないことと頭ではわかっていながらも、大人たちすべてが憎くて、意味もない復讐心《ふくしゅうしん》でいっぱいだった。
もちろん那奈はお金には困ってない。
「ただの暇つぶし」
「こんなのは、ただのゲーム」
それが口癖だった。
あたしは髪も真っ黒からオレンジに近い赤に染め、化粧も覚えた。
学校へは行かなくなった。
あれから家族にも会っていない。連絡すらない。
あたしは寂しさをごまかすかのように毎日遊んでいた。
大人にでもなったつもりだったのかもしれない。
本当は現実から逃げてばかりで、自分の弱いところ、汚いところを全部隠したかったのかもしれない。
これから起こることも、すべて自業自得。
大人になった今、そう思える。

那奈と付き合うようになってからしばらくして、あたしは那奈から男を紹介された。
あたしより二つ年上の秋人《あきと》という男。

那奈の飲み友だちらしい。

顔は普通。格好はいつもＢ系ダボダボファッション。

でも面白くて、飲み会ではいつも笑わせてくれていた。

あたしと秋人はいわば飲み友兼メル友。

お兄ちゃんみたいな存在だった。

あの日までは……。

## 裏切り

ある日秋人に誘われ、あたしはなんのためらいもなく秋人の家に行った。
秋人は信頼できるお兄ちゃんみたいな存在。
そう思っていたから。
今思うと、自分はなんて浅はかでバカだったんだろう。
秋人の家に入ると、なにかツーンとする匂《にお》いがした。
タバコではない。
秋人はあたしに普通に話しかけ、あたしも笑いながらそれに答えて、特になんの違和感もなかった。
秋人の家に行って一時間くらいたった頃だろうか。
秋人はビニールのような袋を取り出し、口に当てて吸い始めた。
異様な匂いが部屋に立ち込める。
「これなに……？」
あたしは恐る恐る問いただした。
「なにってシンナーだよ。お前やったことねぇの!?」
ヤバい。怖い……。
背筋に冷たいものが走る。
「お前もやってみろって。マジ気持ちいいから」
そう言って秋人は袋を近づけてきた。
「やめてよ！」

あたしが抵抗すると、
「うっせぇんだよ！」
そう怒鳴りつけ、あたしの口に無理やり袋を当てた。
気持ち悪い……吐きそう……。そして頭がぼーっとした。
なんなの……これは。
あたしが動けないでいると、秋人は冷たいフローリングの床に無理やりあたしの体を押しつけた。
そしてキスをした。
ファーストキスだった。
シンナーとタバコの匂いが混じった気持ち悪いキス。
「やめてよ！」
あたしは必死に抵抗したが、力が入らない。
あっという間に服を脱がされ下着だけ。
そして秋人は、下着を剥《は》ぎ取《と》り乱暴に舐《な》めまわした。
体中に気持ち悪い感触が走った。
「やだ！」
足をジタバタさせるあたし。秋人はそばにあったロープであたしの右足をテーブルの脚にくくりつけた。
これはきっと夢——。
「痛いっ！」
「我慢しろよ！」
そう言って彼は顔を平手で殴った。
そのたびに激痛が走る。
夢じゃないんだ。

「お前、全然濡《ぬ》れねーな」
そう言って秋人は笑った。
なにも感じない。
ただ殴られた顔とくくられた足、そして性器がヒリヒリ痛んだ。
気持ち悪くて吐き気が止まらなかった。
悔しくて涙も流れなかった。
ほんの数十分であたしは処女を失い、きれいな体ではなくなった。
でも、それはだれを責めることもできない。
すべて自分がしてきたことのツケ……。

悪夢から解放され、くくりつけられていたロープを自ら解いた。
右足にはくっきりと赤い痕《あと》が残っていてヒリヒリと痛んだ。
あたしは急いで衣服を着ると、外へ飛び出した。
自業自得。
でも当時はそう思えなかった。
思いたくなかった。
“犯された”
そう思いたくなかった。
自分が自分でなくなるようで怖かった。
あたしは外に出て、すぐに震える手で那奈に電話をかけた。
「はぁ〜い」

ダルそうな声で電話に出る那奈。
「あたしっ、秋人にっ……」
そう言いかけると那奈は笑った。
「もう処女喪失できたぁ？」
はっ????
「秋人にあんたをやれって言ったのは、あたし」
「あたしたち友だちだよね？」
「あんたバカ!?　んなワケないしっ。ウザいしあんた」
そう言って電話は切れた。
裏切り。
信じてたのに。
あそこも、あたしの居場所ではなかった。
また大切なものを失った。
取り返しのつかない、戻ることのないもの。
あたしは処女ではなくなったのだから。

あたしはただひたすら泣きながら、いつの間にか自分の家の前にいた。
家に帰るのは、どれくらいぶりだろう。
家に入ると母はおらず、久しぶりに見る妹の愛が泣きながらあたしを抱きしめてくれた。
「お姉ちゃん、会いたかった……寂しかった」
そう言って泣いてくれた。
しかしそんな愛をあたしは拒絶し、風呂場《ふろば》に走るとひたすら汚れた体を洗った。
何度も何度も性器に指を入れ精液を掻《か》き出した。
そうしたところでレイプされた事実は消えないのに。
何度も何度も……。
あたしのすすり泣きとシャワーの音だけが、静かに浴室に響いていた。
愛には触れない。あたしは汚れたんだ。
あたしはその日から、なにもかも拒絶した。
母はあいかわらず家にいない。
心配する愛を追い払う、ひどい自分。
レイプされたときの映像が、頭の中でフラッシュバックする。
怖い。怖い。
もうやめてよ。殴らないで。
気づくと手にはカッター。
あたしは左手首をスーッとカッターで切った。
チクッとした痛みのあと、真っ赤な血がにじんでくる。
なんだか気持ちが落ち着いた。
もっと切りたい。
だんだん、そう思うようになっていた。
リスカを始めると、やめられなくなった。
一種の依存症のようなもの。
あたしは、きっと狂っていた。
カッターを握り手首や腕を切っては、流れる血を見てケラケラ笑うあたし。
「お姉ちゃん、やめて！」
愛に言われても、あたしは笑うだけだった。

次の日も愛が学校へ行ってる間、あたしはベッドの上で自傷行為を繰り返していた。
自分の体から流れる血を見て満足していた。
血を見て「きれい」とすら思っていた。
そのとき、家の電話が鳴った。
最初は無視していたが、鳴りやまない電話にイラつき受話器を取った。
「川瀬です」
「未来か？」
久しぶりに聞く父の声だった。
お父さん助けて！
あたしはそう言いたかった。
でも父は、あたしのことなんか眼中になかった。
大切なのは、いつもあたしではなかった。
「お父さん、あたしね……」
あたしが話し始めようとすると、父は話を遮った。
「秀行が捕まったんだよ」
兄の話だった。
お父さんは、あたしよりお兄ちゃんが大事なんだね。
あたしたちのこと心配してくれないの？

心配で電話してきたんじゃないの？

あたしの耳には父の声は入らなかった。
聞きたくなかった。
バカみたい。
本当にバカみたい。

# 離婚

次の日の夜、父は離婚届を持って家を訪ねて来た。
家族の感動の再会なんてあったもんじゃない。
母は素直に離婚届に判を捺《お》した。
問題はそれから。親権のことだ。
こんな醜い親の姿なんて見たくなかった。
「あたしは未来を引き取るのはごめんだわ！　あなたが引き取りなさいよ！」
「未来は女の子だぞ。母親が必要じゃないか！」
そんな言い争いがずっと続いた。
あたしはいらない子。
愛されていない。
必要とされてない。
お父さん、お母さん。二人は愛し合って結婚したんでしょ？
愛し合って秀兄《ひでにい》や愛、あたしが生まれたんでしょ？
愛せない子どもなら、はじめからつくらないでよ!!
愛なんて信じない。
永遠の愛なんて、どこにもない。
父に引き取られようとも母に引き取られようとも、もうどっちでもよかった。
わかるのは、あたしの居場所がどこにもないことだけ。

涙すら出なかった。
まるで自分のことじゃないかのように、父と母のやり取りを静かに見つめていた。
数時間に及ぶ言い争いの結果、父があたしと兄を、母が愛を引き取ることに決まった。
子どもって親を選べないんだね。残酷だよ。
愛。お姉ちゃん、なにもできなくてごめんね。
自分のことでいっぱいいっぱいで、愛のこと考えてあげられなかった。
最低な姉だよね。
あたしは高校入学と同時に、この家から離れ、父の家に住むことになった。

中学卒業――。
それは大好きな愛との別れを意味していた。
それから出席日数の足りないあたしは、慣れない受験勉強を始めた。
中学に行っても友だちはいない。
それでもなんとか中学を卒業し、志望校にも合格することができた。
うれしいなんて気持ちは微塵《みじん》もない。
ただ、これからの生活への不安。
愛と離れてしまう孤独感。
その二つの感情があたしの心を支配していた。

愛がいないと、あたしにはもうだれもいない。
本当に独りぼっちだから……。

春になり、あたしは愛を置いて父のもとへ行った。
泣きながらトラックを追いかけて来る愛の姿が目に映る。
とめどなく涙が溢《あふ》れた。

高校に入学し、父と同居を始めても、ほとんど顔を合わせないすれ違いの生活。
寂しくて寂しくて……。
あたしは気を紛らわすために、また夜の街へ出た。
「ねぇ君、いくら？」
父と同じくらいの年のオヤジが話しかけてきた。
「あたし、したことないんで」
逃げようとするとオヤジはさらにあたしの手をつかみ、
「上乗せするから」
そう言った。
あたしはどうせ汚れている。
たくさん汚れればいい。
心配してくれる人なんて、だれもいない。
必要としてくれる人なんて、だれもいない。
愛してくれる人も、だれもいない。
自暴自棄になったあたしは、オヤジとホテルに入った。
「可愛いね。名前なんていうの？」

オヤジは舐めまわすようにあたしを見る。
「クミ」
あたしはとっさに嘘《うそ》をついた。
そしてオヤジのねちっこい愛撫《あいぶ》。
足の指まで舐めまわされる。
気持ち悪い。
そしてオヤジはあたしの性器に自分のモノを入れ腰を振る。
早く終われ。早く終われ。
そればかり考えていた。
お風呂に入ったあと、オヤジは5万円をあたしにくれた。

高校一年生の春——。
あたしは初めて援助交際に手を染めた。
そのときは罪悪感などなにもなかった。
お金なんて欲しくない。
あたしが欲しいのは愛。
昔みたいに戻りたい。
だれかに必要とされたい。
寂しさを埋めるために毎日のように体を売った。
だいたい4万～5万の値段が、あたしの体についた。
その頃のあたしには、体と引き換えにお金をもらってる罪悪感などなにひとつなかった。
父はあたしには興味ないから、なにも知らない。
稼いだお金は貯金したり、愛に送っていた。

愛には、バイトしていると嘘をついて……。

そんなあたしにも友だちができた。
秋山百合《あきやまゆり》。
背が小さく色白で可愛い子。
辻宮《つじみや》さとみ。
背が高くモデルみたいに美人で、頼れるお姉さん的存在。
あたしは入学してすぐに、ピアス、スカート丈、態度の悪さで担任に呼び出された。
だけどあたしは職員室には行かず、屋上でタバコを吸っていた。
そのとき声をかけてきたのが、さとみだった。
どんなに仲がよくても二人には言えなかった。
家庭のこと、レイプのこと、援交のこと……。
言ったら、きっと離れてしまう。
自分の考えの汚さには呆《あき》れる。

一ヶ月ぶりに妹の愛に会った。
愛は以前はプクッとしていたのに、目の下にクマができ、げっそりしていた。
「愛、どうしたの？　なにかされてるの？　アイツに」
あたしは母のことをアイツと呼ぶ。
もう、お母さんなんて呼びたくないから。
「大丈夫だよ！　最近寝不足なの」

そう言って欠伸《あくび》をし、愛はごまかした。
あたしは愛に、お金の入った封筒をそっと渡した。
「アイツに見つからないように使いなよ。祐介《ゆうすけ》くんと遊びに行ったりオシャレしな」
祐介くんとは愛の彼氏。
「ありがとう」
愛は小さくつぶやいた。

あたしはその後も援交を続けていた。
そして、ときどきパニックになり手首を切る。
その繰り返し。
学校を無断欠席することも増えた。
百合とさとみは心配して何度もメールをくれたけど、あたしは返せなかった。

ねぇ、いらないなら、なんであたしを産んだの？
死にたいよ……。
なんで、あたしは生まれてきたの？
いないほうがいいんでしょ？
そんなあたしを心配してくれた百合とさとみは、家を訪ねて来た。
そのときのあたしは髪はボサボサ、げっそりした顔でケラケラ笑っていたそうだ。
心配した二人は、無理やりあたしを精神科に連れて行った。

医師からは鬱《うつ》、パニック障害、メニエール病、不眠症……。
次々と病名を告げられた。
そして何種類もの薬をもらった。
あたしは、体だけじゃなく心も壊れてるんだ……。
帰り道、さとみはあたしに、
「つらいことあったらなんでも言って。友だちじゃん」
泣きながら、そう言った。
あたしはなんだか胸が苦しくて、言葉にできない気持ちになった。
「あたし汚れてるんだよ。昔は幸せだった。でもね中学んとき、親、仲悪くなって、父親、家出して、あたしも母親にね……産まなきゃよかったって言われて家を出たの。そこで友だちだと思ってた子と毎日遊び歩いた。そして、あたしを可愛がってくれてお兄ちゃんみたいだと思ってた人にレイプされたんだ。中三で処女喪失……しかも友だちだと思ってた子にも裏切られてさ。んで両親離婚。しかもあたしを引き取りたくないって揉《も》めんの。おかしくない？自分が産んだくせに。結局父親が引き取ったんだ。それで援交始めるようになった」
あたしは泣き笑いしながら、今まであったことをすべて話した。
ふと見ると、さとみも百合も泣いていた。
さとみは、あたしの手を握った。
「どんなにつらくても自分を傷つけちゃダメ！　もっとあ

たしたちを頼ってよ！　あんたは必要な子だよ。いらない子なんかじゃない」
そして、そっとあたしの手首にリストバンドをはめてくれた。
さとみと百合の手首にも黒のリストバンド。
「おそろい。だってあたしたち親友でしょ？」
化粧の落ちた顔で百合が笑うから、あたしとさとみもおかしくて笑ってしまった。

この二人がいたから、あたしは恋ができたのかもしれない。
そして今の自分がいるのかもしれない。
二人のおかげで本気で人を愛せたんだ。

# 初恋

恋なんてわからない。
人を好きになるってなに？

あたしはずっとそう思っていた。
あたしは高校二年生になった。
父との距離はあいかわらず。
顔を合わせても会話すらない。
そんなとき、クラスの友だちにメル友を紹介された。
断りきれず、あたしは軽い気持ちで受け入れた。
相手の名前は達也《たつや》。
他校で一つ上。
最初はそれだけ聞かされてメールを始めた。
好きになる、恋をするなんてあり得ないと思っていた。
だって汚れてるあたしを好きになってくれる人なんて、いるわけない。
そう思っていた。
でもメールをしてると楽しくて、実際会ってみるとチャラくもない普通のさわやかな男の子だった。
会った日からあたしは、少しずつ彼に惹《ひ》かれていった。
この感情は好き……なの？
でも恋なんて知らないあたしには、わかるはずもなかった。

そしてメールを始めて二週間後――。
＜俺マジで未来のことが好きです。最初メールしてて楽しくて実際会ってみたら可愛くてどんどん好きになってた。付き合ってください！＞
メールでだけど、初めて男の子に告白された。
あたしは驚きながらも、
＜あたしでよければ＞
そう返信していた。

高校二年の夏――。
達也とあたしは恋人同士になった。
あたしの初彼。
でもあたしは達也に隠し事をしている……。
卑怯《ひきょう》な考えの自分がイヤだった。
話してしまえば嫌われるんじゃないかって怖かった。
達也と付き合うようになってから放課後はゲーセンやカラオケに行ったり、はたから見ても普通の恋人同士だったと思う。
手も握ったし、キスもした。
でも体だけは、どうしても許せなかった。
「ねぇ、さとみ、あたしどうしたらいい？　達也に言ったほうがいい？」
あたしはさとみに相談した。
「あたしはなんとも言えないな。未来に彼氏できてうれしいけど、過去を隠して付き合ってるのもつらいと思う。でも、言ったら別れることになるかもしれないし」
さとみの言葉が胸に突き刺さった。
痛いくらいに。
「あたし隠すのだけはやだな」
自然と自分の口から出ていた言葉。
「そっか。じゃあ、あたしも隠さないけど、27歳の人と不倫してます」
さとみのいきなりの発言に、あたしは固まった。
でもそれと同時にさとみの笑顔を見て、達也にちゃんと話そう。
そう決めた。
その日の放課後、あたしは達也の家にいた。
いつものようにキスしたりイチャイチャしたり。
そして達也は、あたしをベッドに押し倒した。
「やだっ」
あたしの口から、とっさにその言葉が出ていた。
「ごめん、初めてだから怖いよな」
そう言って達也は優しく頭を撫《な》でた。
初めてなんかじゃないよ。
レイプもされたし援交もしてたんだよ。
あたし汚れてるんだよ。
達也の笑顔を見てると胸が痛くなる。
またあたしは自分を偽り人を騙《だま》している。

結局なにも変わってない。
心も体も汚いままの自分だ。
なにも変われてない……。
あたしは達也にすべてを語る決意をした。
「あたしの話、聞いてくれる？」
あたしが真剣な顔をすると、今まで笑顔だった達也の顔から笑顔が消えた。
「なんだよ。別れ話か？」
そう言ったあと達也はうつむいた。
「ううん、違う。でもあたしの話を聞いたら、きっと達也はあたしを軽蔑《けいべつ》する」
達也は真っすぐあたしを見つめて言った。
「しねぇよ。なんの話かわかんねぇけど、俺はお前を嫌いになったり軽蔑したりすることなんて絶対にないから」
そのときの達也を見てあたしは、達也を信じよう。そう思った。
好きだから、信じてるから……。
「あたし、達也が思ってるような女じゃない。汚れてる。心も体もきれいなんかじゃない」
達也はうつむいたままだった。
「あたしの両親、中学のときに離婚してるんだ。あたしはだれにも必要とされてなくて。中学のとき、信じてた人に裏切られてレイプされた。初めてだった。そのあと両親の離婚決まって、あたしは居場所がなくなって……。寂しくて……援交してたんだ」
達也は顔を上げて、あたしを見つめた。
「もういいよ。話さなくて。つらかっただろ？　俺は裏切ったりしないから。心配するな」
そう言ってあたしを優しく抱き寄せた。
信じてた。
この人だけは違うって、そう思ってた。

その数日後、達也に家に呼ばれた。
達也になら、すべてを委《ゆだ》ねられる。
あたしはそう思っていた。
達也の家に向かう足取りは軽く感じられた。
これからなにが起こるかもわからず、達也の家の扉を開けた。
「お邪魔します」
あたしが玄関に入り挨拶《あいさつ》をすると、達也が迎えてくれた。
「上がって」
そう言った達也は、なぜか素っ気ない。
お互い無言のまま、達也は部屋の扉を開けた。
そこには二人の男がいて、こちらを見ていた。
「こんにちは～未来ちゃんだよね？　いつも達也から話聞いてるよ。俺は達也の友だちの修二《しゅうじ》。こっちは孝弘《たかひろ》」
そう挨拶され、あたしは頭を下げた。
達也は勉強机に座り、あたしが会話している様子をじっと見ていた。
少したった頃、
「お前ら、そろそろやれよ」
達也が冷たく言い放った。
それと同時に、あたしは床に押し倒された。
「悪いね、未来ちゃん。達也、マジでやっちゃっていいの？」
孝弘がそう言うと、
「ああ。好きにしろよ。そんな女」
達也の冷たい声が聞こえた。
その声は、まるで精気のない人形のよう。
「やだっ！　達也っ！」
あたしの頭の中はグチャグチャだった。
達也はあたしを捨てたの？
あたしの服はボロボロに破かれ、下着も引きちぎられ、乱暴に愛撫をされ、体中舐めまわされた。
どうして？
達也が言ってくれたことは嘘だったの？
あたしは裏切られたの？
こんなヤツらに犯されるなら、死んでしまいたい。
ただそれだけ思っていた。
二人は順番にあたしを犯した。
あたしの目からは、とめどなく涙がこぼれた。
行為が終わり解放され、なおも放心状態のあたしを、達也は冷たく見下ろしていた。
冷たい冷たい……まるで氷のような目で。
そして達也は、あたしの顔にツバを吐いた。
「お前みたいな女、好きになるわけねぇだろ。レイプされたり援交したり気持ち悪いんだよ！　オヤジとやって感じてたんだろ？　お前みたいな女は男の性処理玩具《がんぐ》なんだよ！」
達也の口から発せられた言葉が、あたしの脳内を支配する。
「達也、言いすぎ～」
二人の笑い声の響く中、ボロボロの服に上着だけ羽織り達也の家を飛び出した。
あたしは走れるだけ走り、途中過呼吸で倒れた。
苦しい、苦しい……。
もうイヤ。なにもかもがイヤ。
あたしは鞄《かばん》からカッターを取り出し、左手首を切った。
いつもより深く、深く。
深紅の血が流れ、アスファルトを染めていく。
そのときあたしの頭の中に浮かんだのは、さとみと百合。
あたしは震える手で、着信履歴からさとみに電話をかけた。
コール音がとても長く重く感じられた。
「もしもし、未来？　どした？」
さとみの声を聞いたら、また涙がこぼれた。
「未来？」
「さとみっ……あたし……また汚れちゃった」

あたしは途切れ途切れに話した。
「未来！　しっかりして！　今どこにいるの!?」
あたしが弱々しい声で場所を告げると、
「今行くから動かないでね！」
そう言ってくれた。
「もう少しで着くから、大丈夫だから。すぐ行くからね」
さとみは、あたしのもとに向かってる途中も電話を切らないでいてくれた。
そのおかげで、あたしは少し落ち着けたのかもしれない。
「未来！」
10分くらいたったとき、後ろからあたしの名前を呼ぶ声が聞こえた。
さとみだった。
「さとみぃ……」
自分の血液とアイツらの汚い精液混じりのあたしの体を、さとみはしっかりと抱きしめてくれた。
「もう大丈夫だから！　あたしがそばにいるから！」
そう言ってギュッと強く抱きしめてくれた。
さとみの胸の中は温かかった。あたしは、さとみの胸の中で嗚咽《おえつ》した。
さとみはハンカチで手際よく、あたしの手首を止血し、ふらふらのあたしの体をしっかりと支え、自分の家まで連れて行ってくれた。
さとみの涙がポタポタあたしの手の甲に落ちる。

また泣かせちゃった。
ごめんね……。
「未来ちゃん、大丈夫!?」
さとみのお母さんが驚いた顔であたしたちを迎え入れてくれた。
「はい……」
「お風呂、使っていいからね。今日は泊まっていきなさい」
さとみのお母さんは、そう優しい言葉をかけてくれた。
男なんて信じるもんじゃない。
信じちゃいけない。
あたしは人を好きになってはいけないんだ。
そっと心に鍵《かぎ》をかけた。
もう信じない。
男は裏切る生き物なんだ。
あたしは熱いシャワーを浴び、何度も何度も体を擦《こす》った。
赤くなるまで体を擦り続け、性器に指を突っ込んではアイツらの精液を掻きだした。
また同じだ。
秋人のレイプのときと同じだ。
わかってる……体をいくら洗っても汚れたことには変わりないのは、自分が一番わかってる。
情けない。情けなくて涙が出た。
あたしはなにをしてるんだろう。
お風呂から上がると、バスタオルと真新しい下着とパジャマが用意されていた。
本当に本当にうれしかった。
それを着て、さとみの部屋に向かった。
戸を開けると、さとみは暗い中、膝《ひざ》を抱えて泣いていた。
「さとみ？」
「どうして未来ばっかりこんな目に遭わなきゃいけないのよ！　あたし悔しいよ！　友だちなのに助けてあげられなかった。ごめんね……」
「ううん。泣かないで。さとみが泣くと、あたしも悲しいよ……。それに気持ちだけで、あたしは十分うれしい。さとみがいてよかった。それにあたしのことは自業自得だから。もうこれでわかったから。大丈夫だから」
「未来っ……」
さとみはあたしに抱きつき涙を流した。
それはとてもきれいな涙だった。
その夜は二人で泣きながら語り合い、姉妹のように眠りについた。

さとみ、ありがとう。
でもね、自分でもわかってる。仕方ないって。
あたしは自業自得なんだから。
こうなっても仕方ないようなひどいことも、たくさんしたんだから。
だから、あたしのためにきれいな涙を流さないで。

お願いだから。
さとみの寝顔を見ながら、そう思った。

次の日、百合がさとみの家を訪ねて来た。
「どうして早く言ってくれなかったの？　百合だって友だちだよ。未来のこと大好きだよ」
百合はあたしに抱きつきポロポロ涙を流した。
「ごめんね……」
百合には、さとみが一通り説明してくれたようだった。
なんだか温かかった。
今までこんなことってなかった。
あたしはいつも独りぼっちで、だれにも必要とされてない。
そう思って生きていた。
いつ死んでもいいって思ってた。
でも今は確実にさとみと百合がそばにいてくれる。
二人はあたしの救世主。
そして、かけがえのない大切な親友。
「あたし、そろそろ帰るね。ありがとう」
あたしがそう言い頭を下げると、百合もさとみも心配そうに、
「未来、本当に大丈夫？」
そう何度も言ってくれた。
「未来ちゃん、気分よくなるまで、まだいてもいいのよ？　おばさん気にしないから。未来ちゃんのことは、ほんとの

娘のように思ってるから」
さとみのお母さんもこう言ってくれた。
でもあたしは、
「大丈夫です」
そう言って無理に笑顔をつくった。
さとみもさとみのお母さんも百合も腑《ふ》に落ちない表情だったけど、あたしは帰宅することに決めた。
頼ってばかりじゃいられない。
そう強く思い、家に帰った。

## 自殺未遂

さとみの家から自宅までの足取りは重く、昼間なのにすれ違う男の人たちにビクビクした。
怖い……怖い……。
冷や汗がとめどなく流れる。
サァーッと背中の辺りが冷たくなる。
男の人すべてが敵に見えてしまうくらい恐ろしかった。
家に着くまでに何度も立ち止まり嗚咽を漏らした。
ようやく家に着いても、「おかえり」と温かく迎えてくれる人なんて、だれもいない。
あたしは部屋に入り、ベッドに横になった。瞳《ひとみ》からとめどなく涙が溢れてくる。
寂しい涙？　悲しい涙？
なんの涙かはわからない。ただただ、瞳からこぼれるしずくが枕《まくら》を濡らしていった。
——ガチャ——
玄関を開ける音が聞こえる。
父は今仕事。昼間帰って来るわけがない。
一体だれ？
コツコツ。足音はドンドン近づいて来る。
怖い。
あたしは布団に潜り込んだ。

そして布団の中で息を潜めた。
怖い。怖い。だれなの？
早くいなくなってよ。
足音は無情にも、あたしの部屋の前で止まった。
――コンコン――
ドアをノックする音。
手にも顔にも汗がにじんでいた。
「未来？　俺だけど」
それは懐かしい声だった。
「秀兄？」
あたしは布団から顔を出した。
そこには以前より少し痩《や》せた兄が立っていた。
「秀兄、どうしたの？」
「親父《おやじ》からなにも聞いてないの？」
兄は目を丸くする。
あたしはうなずく。
「俺さ、今ガソリンスタンドでバイトしてるんだ。俺のせいで未来にはつらい思いさせたと思う。本当にごめん」
そう言って、兄は土下座した。
「本当にごめん。愛にも謝りたい。今もなにも変わってない！　お前たちに迷惑かけたけど、大事な妹だから」
フローリングが涙で汚れていく。
兄の涙を見たのは、おそらく初めてのことだった。
苦しんだのは、あたしだけじゃない。

兄だって、たくさんたくさん苦しんだんだ。
「もういいよ。過ぎたことじゃん。あたしも秀兄は大切なお兄ちゃんだから」
「未来……」
兄の顔は涙でグチャグチャ。目は真っ赤で、鼻も赤くなっていた。
兄との久しぶりの再会。
もとの仲よし兄妹に一歩近づいた気がした。
兄に父を取られた気がして恨んだ時期もあったけれど、今、兄の涙を見て、すべてがどうでもよくなった。
兄の金色だった髪は真っ黒に、ピアスもなく、タバコの匂いもしない。
ガソリンの匂いがほのかにあった。
大好きな大好きなお兄ちゃん。
昔と変わらないって言ってくれて、ありがとう。
お兄ちゃんは昔となにも変わってないね。
でもね、お兄ちゃん。
あたしは昔とは違うんだよ。
汚れてるんだよ。
もう昔のあたしじゃないんだ。
卑怯で弱くて汚いんだ。
兄との再会も束《つか》の間《ま》の幸せだった。
兄は仕事に行き独り暮らしを始めたから、この家にはあたしとあの父だけ。

また独りぼっちの寂しい日々が続くんだ……。
あれから一週間あたしは学校を休んだ。
食べ物も喉《のど》を通らない。
アイツらの精液が口の中に、喉の奥にへばりついてる気がしてひたすら吐いた。
胃液だけが虚《むな》しく出てくる。
あたしの体重は41kgまで落ちていた。
その間あたしは、ずっと考えていた。
あたしは、なんのために生きてるのだろう？
汚れたあたしに生きる価値はあるのだろうか？
毎日、自分に問いかけた。
消えてなくなりたい。
あたしなんかいらない。
汚れたあたしなんか必要ない。
きれいに生まれ変わりたい……。
許してください。
あたしがいなくなることを……。
あたしは再びカッターを握り、いつもより深く深く手首を切った。
そして意識が途絶えた。

気がつくと病院のベッドの上だった。
手首には包帯。腕には点滴の針。
横には泣いてる百合とさとみがいた。

「あたし、生きてたんだ……」
あたしの第一声がこれだった。
――バシッ――
さとみはあたしの頬《ほお》を叩《たた》いた。
乾いた音が病室に響く。鈍い痛みが頬に伝わる。
そしてさとみは、あたしにつかみかかった。
「さとみ、やめて！」
百合が泣きながら止める。
「離して！　未来のバカ！　死んだら全部終わりなんだよ？　生きたくても生きられない人がたくさんいるの！　なんで、こんなことするのよ！　あたしたちに言ってくれないのよ！」
「ごめん……」
あたしの目からも一筋涙が流れた。
「もうこんなことしないって誓って！」
さとみは泣きながら、あたしの体を揺らした。
「ごめんなさい……もう絶対しないから……」
さとみがあたしを抱きしめた。
温かい。
そのときだった。
――ガチャ――
「秀兄……」
「未来が迷惑かけてすみませんでした！」
そう言って兄は、さとみと百合に深々と頭を下げた。

「バカなヤツだけど大事な妹なんです。これからも友だちでいてやってください！」
「お兄さん。あたし未来ちゃんが大好きです。ずっとずっと友だちでいますよ」
そう言って百合は可愛らしく笑った。
兄もほっとした表情を見せた。
少し談笑したあと二人は帰って行った。
「もう死のうなんて思わないから」
だれもいない病室で一人つぶやいてみた。
兄は先に受付のほうで、支払いなどの手続きをしてくれた。
手続きが終わり、あたしたちは家に帰ることになった。
帰り道、久しぶりに兄と手をつないだ。
きっと小学校以来。
温かくて大きくて優しい手。
「なぁ、未来。俺が昔言ったこと覚えてるか？」
「えっ？」
「未来は俺の大事な妹だ。未来をいじめるヤツは、許さないって」
「覚えてるよ。秀兄なんて、あたしが学校でけんかしたら中学校から乗り込んできてさ」
そう言って、あたしは笑った。
「今もその気持ち変わってねぇよ。愛も未来も俺の大事な妹だ。だから未来、つらいことあったら俺に言えよ？　なんかされたら俺に言うんだぞ？」

「うん……」
泣いてるのを悟られないように、そっと左手で涙を拭《ぬぐ》った。
二人を三日月が照らしていた。
家に帰ると、怒りの形相の父が思いっきりあたしの頬をぶった。
「痛いっ」
ぶたれた頬がジンジンと痛む。
「親父、いきなりなにすんだよ！」
秀兄があたしをかばう。
「お前はなんなんだ！　俺に不満でもあって、こんなことをしたのか!?」
父の怒りは止まらない。
「親父、落ち着けよ！　未来、とりあえず中に入ろう？」
兄はあたしの手を引きリビングまで連れて行った。
「お前、なんでこんなことしたんだ！　俺への不満か？　言ってみろ！」
一方的に怒鳴られたあたしは泣きながら叫んだ。
「あたしのことなんて、なにも知らないくせに、今さら父親面しないでよ！　お父さん、今まであたしになにかしてくれた!?　あたし、いらないんでしょ!?　お兄ちゃんが大事なんでしょ!?」
「なに言ってるんだ！」
「お父さんはなにもしてくれなかった。あたしがレイプされたときもお兄ちゃんのことばかり！　それで勝手に離婚して。あたしが援交したって、なにも思わないんでしょ!?　あたしがレイプされて死にたいって思っても、お父さんはなにも感じないんでしょ？　いつだってお父さんは、あたしを見てくれない！　昔に戻りたいよ……」
「未来……」
兄は優しく背中をさすってくれた。
あたしの顔は涙と鼻水でグチャグチャ。
そんな中、父が口を開いた。
「すまん……。未来がそんなに苦しんでたなんて知らなかった。本当にすまない」
父はそう言って、涙をポロポロこぼし土下座をした。
「未来がつらいときに、お父さんはなんにもしてやれなかった。父親失格だな」
父は小さな声でつぶやいた。
父の背中はとても小さく見えた。
「ねぇ、お父さん。昔お父さんがあたしに言ってくれたこと覚えてる？」
「あぁ。未来は俺の宝物だって」
「今も変わらない？」
「当たり前だろ。でも俺にはそんな資格はない」
「お父さん……昔みたく戻れるかな？　またあたしを宝物だって思ってくれる？」
「当たり前じゃないか！」
あたしは父の胸に飛び込んだ。

「あたしのお父さんは一人だけだよ」
父の涙がポタポタ落ちる。
兄のすすり泣きが聞こえる。
壊れてしまった家族が、少しずつだけれど修復されてきた。
今度こそ昔みたく戻れるかな……。

## 八重歯の同級生

次の日あたしは学校へ行く準備をしていた。
父は何度も心配そうに、
「大丈夫か？　無理して行かなくてもいいんだぞ」
そう言ってくれた。
「大丈夫」
あたしは精いっぱいの笑顔を見せた。
「じゃ行ってきま〜す！」
「未来、待て！」
いきなり父に呼び止められた。
「ん？」
父の手には弁当箱が握られていた。
「不格好で悪いけど」
そう言って父は弁当箱を差し出した。
「お父さん、ありがとう」
あたしは泣きそうになるのをこらえ、笑顔で父に手を振った。
お父さん、ありがとう……。

外に出ると風が心地よかった。
でもやっぱり外は怖くて、通勤途中のサラリーマンや男子学生を見るたび脅えていた。

体は覚えているんだ。
男が怖い。怖い。怖い。
あたしが怖くてうずくまってると、後ろから声がした。
「川瀬？」
ビクッとして振り向き上を見る。
さとみの幼なじみの、クラスメートだった。その人は笑顔がとても眩《まぶ》しくて、笑うと出る八重歯がきれいな人だった。
「えっと……」
あたしが名前を思い出せずに困っていると、彼は呆れたように言った。
「俺、矢野光輝《やのこうき》。ひでぇな。同じクラスなのに覚えてねぇの？」
明らかにひいてるような表情。
「ごめん」
あたしは素直に謝った。
「別にいいけど。ずっと休んでたみたいだけど体調でも悪いの？」
あたしの頭に今までの出来事が走馬灯《そうまとう》のように駆け巡る。
怖い、怖い……。
でもなぜか、この矢野くんは怖くなかった。
なぜだろう。
「大丈夫」
「そっか」
そして二人は無言のまま学校に到着した。

これが彼との出会いだった。
教室へ入り友人と他愛もない話をしていると、チャイムが鳴り先生が教室に入って来た。
「川瀬、来たのか！　単位ヤバいから頑張れよ！」
「は〜い」
あたしが自殺未遂をしたのは、さとみと百合しか知らない。
あたしはあいかわらず外を眺めていた。
「ねぇ川瀬さんって、生きてて楽しい？」
矢野光輝に直球すぎる質問をぶつけられた。
「楽しいよ。なんで？」
「川瀬さんって、笑っててもつまんなそうな顔してるよ」
その言葉があたしの胸に突き刺さった。先生の話も耳に入らないくらい彼の言葉が胸の奥にズシッと響いた。
「未来、今日カラオケ行こうよ！」
休み時間、あたしのもとへ百合は駆け寄ってきた。
提案者は百合。
「あたしも行きたい！　未来の回復祝いってことで！」
とさとみも言った。
そして放課後、さとみと百合と数人の女子とカラオケに行くことになった。
昼休み、あたしたちは非常階段の近くでご飯を食べる。
「あれ？　珍しいね。未来がお弁当なんて」
さとみは鋭い。
「実はね……」

昨日の話をさとみと百合に話すと、自分のことのように喜んでくれた。
弁当箱を開けると海苔弁《のりべん》に焦げた卵焼き、そして焦げたウインナー、そしてトマトが入っていた。
「焦げてるし」
あたしは笑いながら食べたけど、本当はうれしくて泣きそうだった。
一口一口、噛《か》みしめながら食べたお弁当。きっとどんな料理よりも、あたしはこのお弁当が好きだろう。
五限目はあたしの嫌いな数学。
あたしは屋上に行き空を眺めていた。
空はすごく澄んでいて、憂鬱《ゆううつ》な気分を吹き飛ばしてくれそうだった。
そのとき制服のポケットの携帯が震えた。
＜サボリかぁ？＞
さとみからのメール。
＜あたり☆屋上にいます＞
――送信――
そしてあたしはウトウトしていた。
――ギィー――
錆《さ》びた屋上の扉が開いた。
「川瀬？」
目を開けると矢野光輝だった。
「矢野くん!?」

「光輝でいいし」
そう言って彼は、あたしの隣に座った。
「単位ヤバいんじゃねぇの？」
「光輝に言われたくないね」
「うるせぇよ。俺は全教科満点だ」
「ぷっ」
あたしは思わず吹き出してしまった。
「やっと笑った」
光輝はそう言うと、八重歯を見せて笑った。
太陽みたいな笑顔。
「川瀬って、なにか醒《さ》めた目してる。人生笑ってないとつまんねぇよ」
「じゃ、光輝は人生楽しいの？」
「どうだかな」
彼は空を見上げたあと、小さくつぶやいた。
あたしはその横顔を眺めていた。
「なんだよ。そんなに見るなよ」
光輝はそう言うと、人差し指で鼻の先を掻きながら笑った。
「別に見てないし」
あたしがそう言うと、不満そうに口を尖《とが》らせアスファルトに寝転んだ。
そして空に向かって両手の人差し指と親指でカメラのフレームを作り、片目をつぶりながら言った。
「俺、カメラマンになりたいんだ」

光輝の顔は、さっきの無邪気な顔とは違い、真剣そのものだった。
「カメラマンか。かっこいいね。どんな写真撮るの？」
あたしがそう問いかけると、
「今度見せてやる」
そう言って、また八重歯を見せて笑った。
二人だけの時間は、あっという間に過ぎていく……。
そして放課後はさとみたちとのカラオケ。
「あたし、あゆ歌う～」
さとみが歌うあゆは、すごくうまくて聴きほれてしまう。
「ほら主役、歌いなよ」
あたしは中島美嘉《なかしまみか》と宇多田《うただ》ヒカルの曲を歌った。
久しぶりのカラオケ。みんなの笑顔。楽しい時間だった。
「じゃあねっ」
みんな一人一人帰って行く。
あたしも一人家路を急いだ。
でも外は暗く、やっぱり一人じゃ怖かった。
河原を歩いてると、
「未来！」
と後ろから声が聞こえた。
「光輝」
「俺、部活帰り。こんな時間に一人じゃ危ないから乗れよ」
「平気だよ！」
「いいから！」

光輝は鞄を奪い取ると自転車のカゴに入れた。
あたしは渋々自転車に乗った。
ドキドキする……。
「胸当たってんだけど」
光輝が笑いながら言った。
「エロ！　変態！」
しばらく笑い話をしたあと、光輝が言った。
「お前、なんかつらいことあるの？」
「はっ？」
「なんかいつも醒めた目してるから。つらいことあったら、いつでも俺を頼れよ」
もうあたしの家の前。
光輝は携帯を取り出し、あたしの携帯に自分のアドレスを入れた。
「なんでそこまですんの？」
「理由なんてねぇよ」
また八重歯を見せた。
そのあと小さく、好きだからって聞こえた気がした。

あたしは学校へ行くたび光輝を目で追ってしまう。
意外にモテるとこにもつい嫉妬《しっと》してしまう。
どんどん二人の距離は縮まっていった。
「未来、光輝が好きでしょ？」
突拍子もなく、さとみが言った。

「わかんない……」
あたしはそう答えた。
光輝が気になる半面、男を信用できない自分がいた。

あれは暑い夏の日。
あたしは光輝と話がしたくて放課後一人で待っていた。
「未来」
部活を終えた光輝がやって来た。
ちなみに光輝は写真部。毎日風景や人物、卒業アルバム用の写真を撮っている。
カメラを持つ顔は、本当に子どものように無邪気だ。
「一緒に帰らない？」
あたしたちは二人で校舎を出た。
夕日がきれいだった。
帰り道、光輝が言った。
「未来は一人でなにか抱えてるだろ？　俺に話してくれない？」
沈黙が続く。
「あたしのこと軽蔑しない？」
「しねぇよ」
怖かった。
全部話して、また前みたいに裏切られるのが……。
あんな思いをするのは、もうたくさん。
もうつらい思いはしたくない。

でも光輝の目を見ていたら嘘をつけなかった。
「あたしの家ね……中学のとき親が離婚したの。あたしはいらない子みたいで両親に引き取り拒否されて……。今は父親と暮らしてるんだけど、中学のときね、家出したの。仲よくなった子と悪いことたくさんした……」
あたしは言葉に詰まった。
「話して。大丈夫だから」
光輝はゆっくりと優しい口調で言った。
「そこで知り合った男の人にレイプされた……。苦しかった……自業自得なのに。汚れたあたしなんかどうでもいいと思って援助交際に手を出した……」
あたしは気づくと声が震えていた。
「そこがあたしの居場所だと思ったの。そのときだけは優しくされて必要としてくれる。間違ってるのはわかってる……でも続けてるうちにね、ときどきレイプされたことが頭の中でフラッシュバックするの……それでね、リストカットを始めたの」
あたしはリストバンドの上から手首を握った。
「さとみと百合がね、あたしにリストバンドをくれたの。うれしかった。二人は親身になってあたしにすごく優しくしてくれたの。それからあたし、初めて彼氏ができたの。でね、今までのことちゃんと話そうと思って全部言ったの。彼は裏切ったりしないって言ってくれた。本当にうれしかった。でもね……家に遊びに行ったら彼の友だちがいて、あたしは輪姦《りんかん》された。あたしには生きる価値はないって思った。汚いあたしには生きる価値がないから……死のうとしたの」

光輝は拳《こぶし》を握っていた。

「気づいたら病院にいてね。さとみと百合が泣いてくれた。必要だって言ってくれた……。バカだよね、あたし……。お兄ちゃんもお父さんも、あたしを必要としてくれてた。あたしはそんな人たちにつらい思いをさせてしまったの……」

ふと見ると光輝は泣いていた。

「つらかったな……こんな小さい体で一人で背負って。俺、未来のつらい分、今度から半分背負いたい」

そして光輝は、あたしを抱きしめようとした。

「やっ……」

あたしは反射的に拒絶してしまった。

「男の人が怖い……信用できないの」

あたしは小刻みに震える体を両手で押さえる。

「それでもいい。俺は絶対裏切らない。ずっと未来だけ見てる。未来しか見えない。絶対幸せにする」

光輝の言葉はストレートにあたしの胸へ突き刺さった。

「あたし帰る……」

あたしは一人で走り出した。

でも、本当はめちゃくちゃうれしかった。

うれしくてうれしくてたまらなかったんだ。

## 突然の別れ

あれから光輝とは気まずいままだった。
ある日学校から帰ると、父と兄がそろっていた。
「どうしたの？」
あたしがたずねると、
「大事な話があるから着替えて来い」
そう言われた。
あたしは父に言われるまま、私服に着替えてリビングに戻った。
「座れ」
深刻そうな父の顔。
あたし、なにかしたっけ？などと考えていたら、父が話し出した。
「実はな……愛を引き取ることにした」
一瞬頭の中が真っ白になった。
「本当に!?」
「嘘ついてどうする」
そう言って父は豪快に笑った。
昔みたく戻れるんだ。
愛がうちに来るのは一ヶ月後。
その前に、あたしと秀兄で愛に会いに行くことが決まった。
愛と同じ屋根の下で暮らせる。

うれしくてうれしくて仕方なかった。
一番に伝えたのは光輝だった。
しばらく気まずかったので、最初は話すのをためらっていたけれど、光輝は自分のことのように喜んでくれた。
「未来の笑顔、毎日見れるな」
なんて言ってくれた。
そして百合もさとみも光輝同様、自分のことのように喜んでくれた。

それから数日後、兄と一緒に電車に乗り、愛に会いに行った。
「未来、服装派手じゃねぇ？」
兄はあたしを見ながら小言を言う。
「お兄ちゃんと違って髪は黒ですから」
兄はあのあとまた髪を染めていた。
「お前、ピアスも開けすぎ！」
「お兄ちゃんはあたしの彼氏かよ！」
もう仲よしの兄妹だ。
そして愛との待ち合わせ場所のカフェに向かった。カフェに着くと、愛はあたしたちに気づき手を振ってくれた。
「愛!!」
「お姉ちゃんにお兄ちゃん……」
愛はなんだかげっそりしていて、あたしは以前の自分を見ているようだった。

「愛、痩せたか？」
兄がたずねる。
「平気平気」
愛は可愛らしい笑顔を見せた。
しばらく他愛もない話をしたあと、愛は笑顔で手を振り帰って行った。
あたしはなんだか胸騒ぎが止まらない。
「愛、元気そうでよかったな」
兄はほっとしたような顔をしていた。
「そうかな……」
あたしは家に帰ると部屋に閉じこもった。
胸騒ぎが止まらない。
愛……大丈夫だよね？
そのとき部屋をノックする音が聞こえた。
「未来、大丈夫か？」
父はあれから、あたしのことを気にかけてくれる。
「大丈夫だよ。ちょっと風邪ひいたみたいだから寝るね」
あたしは布団に潜り込んだ。

愛がうちに来る予定の一週間前だった。
放課後あたしの携帯が鳴った。
確か、このときの着メロは宇多田ヒカルの『SAKURAドロップス』。
＜着信　祐介君＞

「もしもし？」
「未来さん……」
祐介くんの声が暗い。そして泣いている。
不安が募る。

「愛が……愛が……自殺しました」

あたしの頭の中が凍りついた。
「祐介くん、嘘でしょ？」
「嘘じゃないです。ごめんなさい……」
あたしは思わず電話を切り、地面に座り込んだ。
「どうしたんだよ!?」
光輝が心配そうに問いかける。
「愛が……死んだ」
あたしはそれしか言えず、そればかり繰り返していた。
光輝は、そんなあたしを家まで送り届けてくれた。
「お父さん！　愛が死んじゃったなんて嘘だよね？」
父はなにも言わない。
兄もなにも言わない。
「未来、明日愛のところに行くから準備しろ」
父はあたしに背を向けて泣いていた。
愛……どうして自殺なんかしたの？
どうして？
あんなに楽しみにしてたじゃない。

ねぇ、なんで……。

次の日、愛に対面した。
瞼《まぶた》を閉じた愛の顔は青白く、でもきれいなままで、花たちに囲まれ、まるで眠り姫のようだった。
夢ならいいのに……。
「愛！　どうして死んじゃったのよ！」
かつての母が、愛の棺《ひつぎ》に向かって泣き叫んでいた。
でも、その涙は嘘だって、あたしはわかってるから。
あんたには騙されない。
母の隣には恋人らしき若い男がいた。
コイツら、なにか知ってるはずだ。
父は自分を責めた。兄もまた自分を責めた。
「愛を守れなかったのは俺の責任です」
祐介くんもまた自分を責めた。
愛……。こんなにも愛が死んで悲しんでる人がいるんだよ。
どうして死んじゃったの？
あんたを必要としてる人はたくさんいる。
こんなにもこんなにも愛されていたんだよ？
あたしは愛の遺品を整理しに、かつて自分が暮らしていた部屋に入った。
懐かしい……まだ愛が生きてるような気がしてならない。
「お姉ちゃん、お帰り」
そう言って愛が笑ってくれる気がしてならなかった。

でも部屋の隅々まで見渡しても、どこにも愛の姿はない。
あたしは愛の使っていた机に手を伸ばした。
あたしは見たくなかったよ……。
姉としてあなたを守れなかった。
愛……ごめんね。
机を開けると一冊のノートとあたしへの手紙。そして祐介くんへの手紙があった。
開くのが怖い。
手紙とノートを手にしたまま目を閉じた。瞼の裏には愛の笑顔が焼きついて離れない。
あたしは震える手で自分宛《あ》ての手紙の封を切った。

大好きな未来お姉ちゃんへ
ごめんなさい。愛は弱い子でした。
一緒に暮らせるって聞いて夢のようだった。すごく楽しみにしてたよ。でも愛はもうそんな資格ないの……。汚れてしまったの……。そんな体でお姉ちゃんやお兄ちゃん、お父さんに会えません。ワガママでごめんなさい。
お姉ちゃん、怒ってるよね？　泣いてるよね？　ごめんね。
でも愛がいたこと忘れないで。愛は未来お姉ちゃんが大好きだよ。幸せになってね。ずっとずっと見守ってるからね。
川瀬　愛

涙が止まらない。なんで？　どうして？
あたしは一冊のノートを手に取った。
鳥肌が立った。
そのノートは愛の日記だった。
日記には信じがたい事実が綴《つづ》られていた。
母の恋人にレイプされたこと、そして無理やり売春をさせられていたこと、妊娠、中絶したこと……。
愛は中絶したことで自分を責め続けていた。
人殺し。自分はいちゃいけない人間だと。
自分を責め続けた結果、選んだのが「死」だった。
小さな小さな体で……独りぼっちで……たくさん涙を流し、たくさん傷つき……だれにも言えずに自分を責め、過去を消せないと思った愛が選んだのが死だった。
許せなかった。
愛を傷つけ、死に追いやった母の恋人。そして母。
同時に、なにもできなかった自分。
気づいてあげられなかった自分に腹が立って仕方なかった。
情けない。
なんとも言えない感情が、あたしの頭を支配していた。
あたしは祐介くんを呼び出し、愛の手紙を手渡した。
祐介くんはゆっくりと読んだあと、拳を握った。
「なんだよ……新しい彼女つくれって、ふざけんなよ……」
あたしはなにも言えない。
彼の気持ちは痛いほどわかるから。

「未来さん……俺、愛のそばにいたのに愛の苦しみに気づいてやれなくて……本当にすみません」
祐介くんは公園の土に額をつけ、何度も何度も地面に頭を打ちつけた。
「お願い。顔上げて」
ゆっくり顔を上げた祐介くんは、土と涙でグチャグチャだった。
「俺、死んだほうがいいのかな。愛に会いてぇよ。もう一度抱きしめてぇよ……」
「死ぬなんて言わないで。愛はそんなこと望んでないよ。祐介くんがそんなだと愛は悲しむよ」
「すみません……」
そう言って、祐介くんは鼻水をすすった。
愛……あたしはあなたに今なにをしてあげられる？
祐介くんと別れ、あたしは光輝に電話をかけた。
声が聞きたかった。
「未来？　大丈夫か？」
「なんとか……光輝の声が聞きたかった」
「俺、今から行くわ。終電に間に合うし」
この人はどこまで優しいんだろう。
彼の優しさが心に染みた。
そして、あたしは兄と父が泊まっているホテルに戻った。
兄も父も口をきかない。
抜け殻のよう……。

「愛を引き取っていれば……」
父は何度も自分を責めた。
「俺さ、なんで前会ったときに気づいてやれなかったんだろう……愛の兄貴なのに。兄貴らしいことの一つもしてやれなかった」
自分を責め続ける二人を見ていると、胸が痛んだ。
愛の残した日記が頭に浮かぶ。
許せない。
愛がたくさん苦しんだのに、アイツらが生きていることが。
不公平だよ。
愛が死んで、アイツらはのうのうと生きている。
神様なんていない。
そう思った。

しばらくしてホテルのロビーに汗だくの光輝がやって来た。
あたしは光輝を見た瞬間抱きつき、胸の中で泣いた。
「もう大丈夫だから。そばにいるから……なっ？　好きなだけ泣いていいから」
光輝は優しく頭を撫でてくれた。
抱きしめてくれた光輝の体はとても温かかった。
「ごめんね。ここじゃ話しづらいから」
あたしは自分の部屋に光輝を入れた。
愛の日記と遺書を見せ、真実を話した。
「あたし許さない。愛だけが苦しんで、アイツらが生きてるのが許せない。あたし、愛になにをしてあげられるの？」
光輝はあたしの拳に優しく手を重ねた。
「未来が愛さんのためにできるのは一つしかない」
光輝はゆっくりと話し始めた。
「未来が幸せになることだよ。だれよりも幸せになること。もちろん愛さんの分まで幸せになって長生きすることだよ」
「あたしが？　あたしが幸せになれるの？」
「うん。俺が保証する」
光輝はそう言ってニッコリ笑った。
「光輝……あたし光輝が好き」
生まれて初めての告白。
「知ってる」
彼は白い八重歯を見せて笑った。
あたしたちはしばらく抱き合っていた。
「明日、愛さんに挨拶に行かないとな」
光輝は少しはにかみながら言った。
その夜は二人手をつないで一つのベッドに寝た。
愛……お姉ちゃん絶対幸せになるよ。
この人なら愛も認めてくれるよね？
愛の分まであたしは幸せになる。
そう誓った。

次の日、父は光輝に頭を下げ、お礼を言った。
「未来のこと、よろしく頼む」

「はい」
光輝は太陽のような笑顔で、やっぱり八重歯を見せて笑う。
「未来、本当に大丈夫か？」
父は何度もあたしに訊《き》く。
それもそのはず。
あたしはこれから愛に線香をあげに行くのと、あたしを捨てた母に話をしに行くのだから。
母の住む家までの道のり、光輝は大丈夫だからと言ってずっと手を握っていてくれた。
「ねぇ、生きる価値のない人はいる？　どんな人が生きる価値がなくて、どんな人が生きる価値があるの？」
あたしは光輝に訊いた。
光輝は握った手に力を入れた。
「生きる価値ないヤツなんかいねぇよ。どんな人にも生きる権利はあるんだ。絶対にな。人を傷つけていい権利なんて、だれにもないんだ。生きる権利なんて、だれにも奪えない」
あたしはいつの間にか泣いていた。
「あたし、生まれてきてよかったのかな……」
「未来には幸せになる権利がある。未来……生きててくれてありがとうな」
光輝が照れくさそうに微笑《ほほえ》んだ。
おかげであたし、少し冷静になれたよ。
あなたが隣にいてくれて本当によかった。

家の前に着いた。鍵は開いている。
チャイムを鳴らしても出て来ないので、勝手に部屋に入り仏壇の前で手を合わせた。
愛。この人があたしの大好きな人。
愛はどう思う？
答えは返ってくるはずもないのに、心の中で何度もつぶやいていた。
――ガチャ――
玄関を開ける音がした。
母だった。
「あんた、なにしに来たの？」
アイツは冷たく言い放った。
「ごめん、光輝。外で待ってて」
「わかった」
そしてアイツと二人きり。
「で？　なんの用？」
アイツはあいかわらず冷たい声で言った。
「見ればわかるでしょ？　線香あげに来たのよ」
「ふぅん。だったら、もう帰ってくれない？　あたし、あんたの顔なんて見たくないの」
アイツはそう言った。
でも負けたくない。
「それは、あたしもあんたもお互い様でしょ？　あんた、愛が死んでなにも思わないわけ？」

「ずいぶん偉くなったのね、未来は」
そう言ってアイツは鼻で笑った。
「あんたが愛を死に追いやったことは知ってんだから！
愛に売春させてたことも！」
「それがどうしたの？　確かに愛が死んで悲しいわ。お金稼いでくれる人がいないんだもの」
アイツはそう言って笑った。
「最低だね。あんたみたいなのは人間のクズだよ。あたしの汚点は、あんたから生まれたこと。あんたみたいな人間は一生幸せになんかなれない！」
あたしは泣かずにそう言った。
「生意気言ってんじゃないわよ！」
「気に入らないと逆ギレ？　笑えるよ」
あたしはそう言い残して愛の部屋へ行き、遺品を鞄に詰めた。
そしてなにも言わず、この家を後にした。
「大丈夫だったか？」
光輝はすごく心配してくれた。
「平気。逆にすっきりしちゃった」
あたしはそう言って笑った。

愛の分まで幸せつかむからね。
見守っててね、愛。

# 妊娠

時の流れは本当に速い。
光輝とはあいかわらず。
手をつなぐだけのプラトニックな関係。
きれいな光輝を汚してしまいそうで怖かったんだ。
そんなある日、さとみが学校を休んだ。
連絡しても音沙汰《おとさた》なし。
「さとみが学校休むなんて珍しいよね？」
「うん。心配だね」
あたしと百合は、放課後さとみの家に行ってみることにした。
——放課後——
「未来！」
光輝に呼び止められた。
「さとみん家《ち》行くんだろ？」
「うん」
「あいつ、ああ見えて弱いところあるから。未来が助けてやってくれたらうれしい」
光輝はさとみの幼なじみだから心配してたんだね。
「わかった。光輝も部活、頑張ってね」
「おぅ」
そして、あたしと百合はさとみの家に向かった。

途中でさとみの好きなモンブランを買って。
さとみの家に着くと百合がチャイムを鳴らした。
しばらくして、さとみのお母さんが出てきた。
どことなく顔色が悪い気がする。
「未来ちゃん、百合ちゃん、わざわざありがとう。さとみ、部屋にいるから上がって。私、夕飯の買い物に行くから」
そう言っておばさんは、少し疲れたような笑顔を見せ出かけて行った。
とりあえずあたしと百合はさとみの家に入り、丁寧に靴をそろえ部屋に向かった。
――コンコン――
百合が部屋の扉をノックする。
「さとみ、入るよ？」
そしてあたしたちは扉を開けた。
さとみはカーテンを閉め切り、薄暗い部屋の中でベッドに横たわっていた。
「未来……百合……」
今にも消えそうな声で彼女はつぶやいた。
久しぶりに見るさとみの顔は青白く、まるで精気がない人形のようだった。
「さとみ、どうしたのよ？　なにがあったの？」
あたしはさとみの髪を優しく撫でながら訊いてみた。
「あたし妊娠してるの」
「嘘」

百合が小さくつぶやいた。
「相手はやっぱりあの人？」
あたしが訊くと、さとみは黙ってうなずいた。
さとみは年上の人と不倫をしている。
その人の子どもなんだ。
「相手には言ったの？」
あたしは自分でも驚くくらい冷静だった。
「言った。産めるわけないから堕《お》ろせって……んで別れ切り出された」
「ひどい……」
百合が絶句する。
「さとみ、今何週目？」
「八週目……どうしたらいいかわかんない。産みたいよ……でも無理だよ」
あたしも百合も泣くことしかできなかった。
こんなふうになるまで、さとみの異変に気づいてあげられなかった。
ずっとそばにいたはずなのに。
自分がひどくちっぽけな人間に感じた。
そしてさとみは静かに一枚の紙を出した。
中絶同意書。
もう相手のサインはしてあった。
「あたし最低だよね」
「バカ。そんなこと言わないでよ」

さとみの中ではもう決まっていた。
こればかりは、あたしたちにはなにも言えない。
そしてさとみは震える手で同意書にサインをした。
同意書は涙でにじんでいた。
さとみの中絶の日にちは三日後に決まった。
ちょうど学校が休みの日だった。
堕胎の苦しさなんて本人にしかわからない。
でもさとみが苦しいと、あたしも苦しい。

そして三日はあっという間に過ぎた。
さとみの手術に付き添うつもりだったけど、断られてしまった。
当日、あたしは落ち着かないまま、部屋のベッドで横になっていた。
ウトウトしかけていたとき電話が鳴った。
ディスプレイには、＜さとみママ＞の文字。
なんだかイヤな予感と胸騒ぎがした。
「もしもし!?　未来ちゃん？　さとみ、そっちにいない？」
「来てないですけど……今日手術ですよね？」
「あの子、病院からいなくなったの」
「えっ……」
お母さんは、電話越しだけどパニック状態。
「いそうな場所当たってみます！」
そう言ってあたしは電話を切り、すっぴんのまま服を着て百合と光輝に電話をかけ、手分けして捜すことになった。
「光輝？　見つかった？」
「いや。渉《わたる》にも手伝ってもらってんだけど見つからねぇ」
渉は光輝とさとみと同じ中学で光輝の親友。
さとみのいそうな場所を捜し尽くしたが、どこにもいない。
「さとみになにかあったら、どうしよう」
百合が泣きながら、そうつぶやいた。
「なにかあるわけなんかないでしょ！」
どうしよう。
冷や汗ばかりが出てくる。
そして悪い方向にばかり考えてしまう。
愛、お願い。さとみを守って。
あたしはふと引き寄せられるように近くの海へと走った。
なぜだろう。
さとみがいそうな気がしたんだ。
スニーカーの中へ砂が入る。
潮の匂い。
目線の先には、白いワンピース姿で砂浜にうずくまる女の子がいた。
「さとみ!!!」
あたしは大声で名前を呼び、駆け出した。
「未来……」
あたしは思いっきり、さとみを抱きしめた。
「ごめんね……心配した？」

「当たり前でしょ！」
「未来……あたし、この子殺したくない。産みたいよぉ……」
さとみの目からは涙がボロボロと流れた。
「あたし、この子と一緒に死のうって思った」
さとみがつぶやいた。
「バカ！」
あたしはさとみの頬を思いきり叩いた。
手がジンジンする。
「そんなことしたら、みんなが悲しむでしょ？　確かに赤ちゃん殺すってつらいよ。あたしはさとみじゃないから、さとみの気持ちは全部はわからない。でもさとみがいなくなったら、あたしつらいし耐えられない。それにさとみ、あたしに死ぬなって言ったじゃない！　さとみのお腹《なか》の子も、そんなこと望んでないよ！　お母さんでしょ!?　ちょっとの間でもその子のママでしょ？　しっかりしなよ！」
「未来、ごめん……」
さとみの涙は止まらなかった。
胸が痛い。
あたしが光輝と百合、渉にさとみが見つかったことを伝えると、みんなすぐに駆けつけてくれた。
「みんな……迷惑かけてごめん」
さとみは深く頭を下げる。
「自分を責めるなよ」
光輝は一言そう言った。

あたしと百合はさとみの手を握り、病院に向かった。
長い長い……。そしてつらい道のり……。
中絶手術に向かうさとみを見送った。
その背中はとても小さくて、今にも倒れそうなくらい弱々しかった。
「未来ちゃん、百合ちゃん、ありがとうね」
さとみのお母さんは、すすり泣きながら一言そう言った。
手術は短時間で終わり、担架に乗せられたさとみが病室に運ばれて行く。
麻酔のせいか眠っている。
さとみは、なんの夢を見ているんだろう。
ベッドの上のさとみは泣いていたのか、涙の跡が残っていた。
あたしも百合もさとみのお母さんも、なにも言わずにさとみを見守っていた。
さとみのお母さんはあたしと百合にリンゴジュースを買って来てくれたけれど、飲まないままジュースは手の中でぬるくなっていった。
しばらくして、さとみは目を開け、辺りをキョロキョロ見まわし始めた。
「さとみ？」
あたしは声をかけた。
「赤ちゃん、もういないんだね……。産みたかったな……」
小さな声でつぶやいた。

この日、一つの命が失われた。
悲しい……苦しい日だった。
泣きじゃくる百合とあたしの頭を、さとみは赤子をあやすように撫でてくれた。
「大丈夫だから泣かないで？」
そしてさとみのお母さんに促されて、あたしと百合は病院を後にした。
二人とも帰り道は無言。
やりきれない思いでいっぱいだった。
あれからしばらく、さとみは学校を休んだ。

そして一週間後、さとみは学校へ来た。
「おはよ」
少し無理して微笑む彼女の姿は痛々しかった。
「おはよう」
百合は泣き虫。目に涙をためながら返事をしている。
「さとみ、おはよう」
「ん。ねぇ一限ってなに？」
さとみがたずねる。
「確か化学」
「んじゃ、屋上まで付き合ってよ」
「了解」
そしてホームルームのあと、長い階段を上り屋上にたどり着いた。

「はぁ〜今日もいい天気だねぇ」
さとみが両手を広げ深呼吸する。
さとみはおもむろに鞄からタバコとZippoを取り出した。
「あれ？　さとみのタバコ、SevenStarsじゃなかった？」
そう、さとみがいつも吸ってるのはSevenStars。今さとみが吸ってるのはマルメン。
「これ元カレのなんだ。最後の一本」
そう言って煙を吐き出した。
「やっぱ不倫なんてダメなんだよね。最初からわかってたはずなのに……」
さとみは泣きながらタバコの箱を握《にぎ》り潰《つぶ》した。
それと同時に、さとみの目尻《めじり》からとめどなく涙がこぼれる。
「しょっぱ」
さとみは涙でグチャグチャの顔で笑った。
あたしと百合はさとみを抱きしめたり頭を撫でたり、そんなことしかできなかった。
「二人ともありがとう。あたし後悔はしてないから。あのときのこと一生忘れない。亡くしてしまった命のためにも生きるよ」
そう言って彼女は、タバコの火を消した。
さとみの背中が少したくましく思えた。
さとみも前に進み始めた。

つらいことがあっても立ち止まっちゃダメだよね？　愛。

## 誓い

あたしたちは壁にぶつかりながらも少しずつ前に進んでいく。
最近は、光輝の部活を待って一緒に帰るのが日課。
そしていつものように光輝と一緒の帰り道。
「なんだか未来、たくましくなったな」
光輝が言った一言。
「そうかなぁ？」
「最初は、未来はすごく弱いって思ってた。でも今は違う。でもなにかあったら俺が守るけどね」
そう言って不意打ちで軽くキスされた。
顔が赤くなるあたし。それを見て笑う光輝。
なにもかもが幸せだった。
「送ってくれてありがとう。また明日ね」
「おぅ」
ほっぺに優しくお別れのキスをして光輝は帰って行く。
あたしは、光輝の自転車が見えなくなるまで見送るのが日課になっていた。
「ただいま～」
いつものように玄関に入る。
玄関には、秀兄の靴とパンプスがあった。
だれだろう？

あたしの頭の中には一瞬あの女の顔が浮かんだ。
そう。愛を死に追いやった、あの女の顔が。
でもよく見ると、若い女の人が履くようなパンプス。
あたしは冷静さを取り戻し、深呼吸をしながら靴を脱ぎ、リビングに向かった。
「未来、お帰り」
そう言ったのは秀兄。
横には彼女の希美《のぞみ》さんの姿があった。
あのパンプスは希美さんのだったんだ。
あたしは胸を撫で下ろした。
「こんばんは。未来ちゃん」
希美さんには何度か会ったことがある。背が低く色白で可愛らしい。女性というよりは、少し少女のような雰囲気を漂わせている。
「こんばんは」
ペコリとお辞儀をして挨拶をする。
「未来ちゃんは礼儀正しいのね。秀行とは大違い」
「うるせーな」
なんだか、ちょっと嫉妬。
あたしってブラコンなんだと思い知らされた。
「未来、着替えて来て、ご飯食べなさい」
父の言葉に素直に従い部屋へ向かった。
「ただいまぁ」
だれもいない自分の部屋に向かってつぶやくのは、あたしの日課。
カーテンを閉め、いつものようにスウェットに着替えた。
制服は脱ぎ散らかしたまま。あたしの悪い癖だ。
そのままリビングへ向かった。
「未来、おせーよ」
秀兄はビールを飲んでいて、すでにほろ酔い。
「酒くさっ！」
「ひでぇ～」
あたしと秀兄のやり取りを見て笑う希美さん。
なんだか温かかった。
「秀行、未来にも話しなさい」
父がそう言った。
「話って？」
あたしは父の顔を見る。
そして兄のほうに目をやった。
秀兄は真剣な顔つきだった。
「未来。いきなりだけど、希美と結婚しようと思う」
えっ!?
あたしは無言で硬直。
「結婚しても、未来は俺の大事な妹だから」
希美さんの左手の薬指には光るリングがはめられていた。
「おめでとう……」
「泣くなよ～お前のことも大好きだからな」
「秀行のシスコン」

希美さんがからかう。
幸せ。家族って温かい。
「未来ちゃん、これからよろしくね！　悩みがあったら、いつでもあたしに言ってね」
そう言った希美さんの顔は、すでにお姉さんの顔だった。
うれしくて泣きまくった夜だった。
そして兄の結婚式の日取りも決まった。
身内とごく親しい人だけ集めての小さな結婚式。
兄は結婚式に、百合とさとみと光輝を招待してくれた。

結婚式当日。
兄は朝から緊張しまくり。
あたしは水色のドレスに身を包み、身支度をしていた。
父も朝から落ち着かない様子。
親子だな。
あたしの顔から笑みがこぼれた。
そして式が始まった。
希美さんは純白のドレスに身を包み幸せそうに笑い、そして泣いていた。
横にいた光輝はそっとあたしの手を握った。
温《ぬく》もりを感じた。
ブーケは投げずに希美さんがあたしにくれた。
「秀行と幸せになるから」
希美さんは涙を流して、そうつぶやいた。

「みんなで写真撮りましょうよ」
カメラ片手に光輝が言った。
そしてみんなで教会をバックに写真を撮った。
秀兄、希美さん……結婚おめでとう。
結婚式が終わった帰り道、光輝はあたしを海に誘った。
海までしっかりと手をつなぎ歩き出す。
やわらかな風に乗り、潮の香りがした。
「こ～き～気持ちいいよー」
あたしはミュールを脱ぎ捨て、海に入った。
「未来、子どもみてぇ」
そう言って光輝は八重歯を見せて笑う。
「なによ～光輝だって子どもじゃん」
あたしが少し拗《す》ねると、光輝は靴を脱ぎスーツのズボンを捲《まく》り海に足を入れた。
「気持ちいいな」
「でしょ？」
海が本当に青く透き通って見えた。
そのまま膝まで海に浸《つ》かり、海水を掛け合ったりして子どもみたいにはしゃいでいた。
そして光輝はあたしの手を握り、砂浜を歩いた。
「海っていいな」
「うん。あたし夏が一番好き」
「俺も」
そして二人で砂浜に寝転び、空を見上げた。

なんだかこの距離がもどかしかった。
光輝は真剣な目でカメラ片手に写真を撮っていた。
あたしはそんな光輝の姿が好きだった。
「希美さん、きれいだったね。あたしもあんなふうになれるかな」
あたしは起き上がり、光輝にたずねた。
「今日の未来だってきれいだよ。いつかは純白のウエディングドレス着せてやるからな」
そう言った光輝の顔は真っ赤だった。
「未来、大好きだよ」
光輝の手があたしの肩に載り、顔が近づく。
あたしは静かに目を閉じた。
唇に温かい感触。
これがあたしと光輝の初めてのキスだった。
初めてキスを交わしたあと、二人して微笑んだ。
「俺たちもいつかさ、教会で式挙げたいな。永遠に愛することを誓いますか？って」
光輝が真っすぐな瞳で言った。
「誓います!!」
あたしがそう答えると、光輝は微笑みながら、
「いつかな。本当に未来のこと、もらってやるから。んで幸せにする」
そう言って八重歯を見せ笑った。
光輝はキラキラと光っていて、あたしには眩しすぎた。

高校最後の夏休みが始まり、周りはみんな慌ただしい。
友だちはみんな塾三昧《ざんまい》。
うちの高校は進学校なので進学組が多数を占めている。
あたしはといえば、成績は中の中。
やりたいことも、なにも見つかってはいなかった。
まだ焦りはなかった。
どうにかなる。そんな軽い気持ちでいたと思う。
夏休みが始まり、初めて光輝から家に誘われた。
あたしは精いっぱいのオシャレをした。
地味すぎず派手すぎず。服選びだけに一時間以上費やしただろう。
そして手土産のケーキを持ち、光輝の家に向かった。
今年の夏は暑い。
今年というか、いつもそう思う。
昨年の夏の暑さなんか覚えていないけど暑い。
タオル生地のハンカチで軽く汗を拭《ふ》き取りながら歩いた。
新しく下ろしたサンダルで靴ずれを起こして足が痛んだ。
光輝の家の前で深呼吸。
そしてチャイムを鳴らした。
「おはよう、未来。よく一人で来れたな」
そう言って光輝は、また八重歯を出して笑う。
あたしは一生この笑顔にはかなわないだろう。
「子どもじゃないんだから！」
そう言って拗ねるあたし。悪い癖だ。

「機嫌直してよ、未来ちゃん」
そう言ってあたしの頬に軽くキスをする彼。
愛《いと》おしくて仕方ない。
「まっ入って」
光輝に促されるまま中に入った。
初めて入る光輝の家。
中はクーラーがきいていて涼しい。
広くてきれいな家だった。
光輝の部屋に入り、二人でケーキを食べた。
「ねー光輝は進学組？」
「いんや。俺は就職組。早く自立して未来を嫁にもらいたいからな。でも恥ずかしいけど俺、写真好きじゃん？　カメラマンになりたいんだ」
そう言って、また八重歯を出して笑う。
「光輝の撮る写真は温かいよね。あたしはすごく好き」
あたしがそう言うと、
「すごくうれしい」
光輝は笑った。
「じゃあ、あたしのなりたいものは花嫁かな～」
未来《みらい》なんてまだ見えないけど、本当に光輝の花嫁になりたいって心から思ったんだ。
ケーキを食べ終わると、どちらからともなくキスした。
甘い甘い生クリーム味のキス。
何度も何度も抱き合いながらキスをした。

そして光輝はゆっくり、あたしをベッドに押し倒した。
光輝の手があたしの服の中に入る。
イヤじゃない。でも怖い。
あたしはギュッと目をつぶった。
その目から涙が流れた。
イヤじゃないのに……。
光輝はあたしを抱きしめ心配そうに顔を覗《のぞ》き込《こ》んだ。
「未来、イヤだった？　イヤならいいんだよ？」
あたしは泣きながら首を大きく横に振る。
とにかく言葉にできなかった。
「違うの……。あたし汚いから……光輝があたしとエッチしちゃったら光輝まで汚くなっちゃう……」
そう言うあたしの頭を、光輝は優しく撫でた。
「バカだなぁ。未来は汚くなんかないよ。きれいだよ。それに俺、未来の全部が知りたい。未来の全部が欲しい。今じゃなくてもいいから、俺待つよ。未来のこと愛してるから」
そう言って、また八重歯を見せて笑う。
「光輝？　こんなあたしでよかったら、光輝のものにしてください……」
消えるような声でつぶやいた。
あたしが言い終えると、彼は優しく何度も何度もキスしてくれた。
そして光輝の長い指があたしの服を一枚一枚脱がしていく。

あたしはあっという間に下着姿。
光輝はあたしの体の傷を見て、拳を握った。
「ごめんな。俺、今までなんもしてやれなくて。これからはもうこんなことさせない。未来は俺が守るから」
そう言って、またギュッと抱きしめてくれた。
そして優しくあたしの下着が脱がされる。
恥ずかしい。
ただそれだけ。光輝の顔は見れなかった。
「未来、こっち向いて」
そう言われて顔を向けると、キスされた。
軽いキスからディープに変わる。
その間も光輝の手はあたしの胸を触るのをやめない。
温かい。
なんだかぼーっとして、いやらしい気分になってきた自分が恥ずかしかった。
彼に溺《おぼ》れてしまっていた。
その笑顔……その瞳で見つめられると止まらなくなる。
光輝を自分だけのものにしたくて。
あたしを光輝だけのものにしてほしくなる。

愛おしい……。
狂おしいほど愛してる。

「未来、感じてんの？」

光輝はイタズラっぽくあたしを見る。
そしてあたしの秘部に光輝の長い指が挿入された。
「やっ」
あたしの声と、いやらしい水音が漏れた。
光輝は何度も、あたしの中に指を出し入れしたり傷口にキスをする。
きっと、あたしの顔は真っ赤だろう。
「入れていい？　未来、大丈夫？」
光輝がたずねてきた。
あたしはぼーっとしたまま黙ってうなずいた。
ゆっくりと光輝のものがあたしの中に入る。
「未来、大丈夫？　痛くない？」
「平気」
そしてあたしたちは一つになれた。

行為が終わったあとも光輝は泣きじゃくるあたしを抱きしめ、何度も、
「愛してる」
そう言ってくれた。

あたしは初めて好きな人に抱かれた。
普通のことかもしれない。
それがこんなにもうれしかったんだ。

「なぁ……未来……ずっと俺のそばにいてくれるよな？」
「当たり前だよ」
「どこにも行かないよな？　離れないよな？」
「バカだなぁ」
あたしはそう言って光輝を抱きしめた。
このときは、光輝がなぜそんなことを言い出したのかわからなかった。
ただ幸せだった。
汚いあたしをきれいだと言ってくれ優しく抱いてくれた。
「絶対、離れるなよ」
「うん。光輝が離れたいって言っても離してあげない」
そして、あたしたちは指きりをした。
「指きりげんまん嘘ついたら針千本の～ます」
二人で微笑みながら、お互いの小指を絡めてキツく指きりをしたね。

外はもう夕暮れ。
光輝はあたしを家まで送り届けてくれた。
ドキドキはまだ止まらない。

# 第2章　ぬくもり

## 線香花火

夏休みはとにかく暇だった。
光輝は部活。
そして友だちはみんな塾。
百合に至っては沖縄旅行。
それに比べ、あたしは毎日家でゴロゴロ。
セミの鳴き声と父の小言が耳障りだった。
秀兄は結婚して、隣町で希美さんと暮らしている。
あまり会う機会がない。
なんだか寂しい……。
そんなとき電話が鳴った。
ディスプレイには光輝の文字。
あたしは急いで電話に出た。
「もしもし？」
「未来、寝てたろ？」
図星。
「寝てないし」
「ふ～ん。ところで今晩暇？」
「うん。暇だけど」
「んじゃ、とりあえず夜８時に迎えに行くから！」
電話は切れた。
「勝手なんだから」

あたしはそうつぶやきながらクローゼットを開け、服を選び始めた。
いきなり、なんなのだろう。
不安と期待。
そんな感情が入り乱れていた。
とりあえず暑くて汗だくだったのでお風呂に入り、父とご飯を食べ食器を洗い終わったら、すでに7時半だった。
食器を片付け急いで着替えた。
デニムのミニスカートに水色のTシャツというラフな格好。
「お父さん、ちょっと出かけるね」
あたしがそう言うと、
「男か？」
と父はからかうように言った。
適当にはぐらかし、財布と携帯だけ持って外に出た。
時間はもう7時45分。
しかし夜なのに暑いなぁ。
Tシャツを手でパタパタさせてたとき、自転車が止まった。
「未来、早っ！」
光輝だった。
「だって暇なんだもん」
「未来らしいな。乗りなよ」
そう言われ、あたしは自転車の後ろにまたがった。
久しぶりに会う光輝は日に焼けていた。
あたしはというと真っ白。

久しぶりに光輝の広い背中を抱きしめた。
「未来、どした？」
「なんでもない。つーか、どこ行くの？」
「秘密」
自転車は夜の街中をどんどん進んで行く。
そして街のはずれ。着いたのは静かな河原。
「河原??」
「そっ」
そう言って日焼けした顔でニコッと笑った。
「未来、星きれいだよ」
光輝は空を指差した。
その先にはたくさんの星が輝いていた。
「きれい……」
光輝はそっとあたしの手を握り歩き出した。
その手は少し汗ばんでいた。
「ちょい待ってて！」
そう言うと光輝は汗ばんだ手を離し、自転車のところまで走って行った。
あたしはもう一度空を見上げた。
あっ……三日月だ……きれい……。
「ごめん」
そう言われて振り返ると、手にコンビニの袋をぶら下げた彼が立っていた。
「未来、泣いてたの？」

「えっ、なんで!?」
「ずっと空見てたから。なんかの歌にもあるじゃん。涙がこぼれないようにとか」
「あたしはあれを見てただけ」
そう言って夜空を指差した。
「三日月？」
「そう」
「……んだよ。心配して損した」
彼は体の力が抜けたように、その場に寝転んだ。
「光輝、心配症なんだから」
そう言ってあたしは笑った。
こんなにもこんなにも彼に愛されてることが、すごくすごくうれしかったから。
「はぁ。んじゃ本日のメインイベント！」
そう言って彼が袋から取り出したのは花火だった。
ロケット花火からネズミ花火、いろんな花火がある。
「未来、花火好きだろ？」
「よく知ってたね〜」
「常識」
そう言って彼は得意気に笑った。
可愛い八重歯を見せて。
あたしたちはロケット花火を飛ばしたり、ネズミ花火から逃げたり、とにかく笑いが絶えなかった。
「これで最後だな」

そう言って彼が取り出したのは線香花火だった。
「光輝、知ってる？　恋人同士で線香花火に火をつけるときお願いするの。それでね、最後まで残ってたほうの願いが叶《かな》うんだよ」
あたしがそう言うと、
「未来ってメルヘンチックじゃん」
そう言って笑う。
あたしたちは線香花火に火をつけた。
火薬の匂いが鼻の奥へ広がる。
二人で願い、火の玉を見つめる。
――ポタッ――
光輝の玉が先に落ちた。
「やったぁ。あたしの勝ちね」
――光輝とずっと一緒にいられますように――
それがあたしの願い事だった。

花火が終わったあと、あたしたちは河原で何度もキスを交わした。
光輝がポツリとつぶやいた。
「未来は俺がいなくなったらどうする？」
あたしは固まった。
「なに言ってんの？　変なこと言わないでよ」
光輝が変なことを訊くもんだから、あたしは機嫌を損ねた。
だって縁起でもない。

たった今、線香花火にお願いしたばかりなのに。
「変なこと言ってごめんな」
そう言って、彼はせっかくセットしたあたしの髪をくしゃくしゃにした。
「バカ」
「もぉ、未来、泣くなって」
光輝はあたしの涙を自分のＴシャツで拭った。
マスカラが落ち、光輝の白いＴシャツは黒く汚れた。
「変な顔！」
そう言って光輝は、お腹を抱えて笑っていた。
そのあとあたしは自転車に乗せられ、来たときよりも遠回りをして家まで送られた。
「ありがとう。光輝、いなくならないよね？」
「バカだなぁ」
そう言って光輝はあたしに優しいキスをした。
「また連絡するね」
その言葉を残し、去って行った。
あたしの心はモヤモヤしたまま……。
その日の夜はモヤモヤした気持ちが消えないままだった。
そんなあたしを三日月だけが優しく照らしていた。
お願いだから……もうだれもいなくならないで……。

朝目覚めるといつもと同じ光景。
携帯を開きメールを確認する。

＜新着メール一件＞
光輝からだった。
＜未来、おはよう。＞
たった一言のメールなのに、こんなにもホッとする。
しかし、会えない日々が続いた。
連絡は来るのに会うことはできない。
あたしはというと、ホラービデオを見たりそんな毎日。
百合から届く沖縄の海の写メールを見るたび羨《うらや》ましくてため息が出る。
そんなとき携帯がけたたましく鳴った。
＜着信　光輝＞
あたしは勢いよく電話に出た。
「もしもし未来？」
久しぶりに聞く光輝の声。
「風邪ひいてない？」
光輝があたしにたずねる。
「大丈夫!!」
あたしは元気よく返事をした。
「来週さ、夏祭りあんだろ？　一緒に行かねぇ？」
うれしい誘いだった。
「えっ、いいの？」
思わずあたしはたずねた。
「いいに決まってんだろ。俺が未来と行きたいの」
電話越しにでも照れてるのがわかる。

「じゃぁ行く!!」
「楽しみにしてる。また連絡するな」
そして電話は切れた。
光輝と初めての夏祭り。あたしは胸躍らせた。
浴衣どこだっけ!?
浴衣はもう何年も着ていないので見つからなかった。
あたしは仕方なく買いに行くことにした。
小さな鞄に財布と携帯だけを入れ浴衣を買いに出かけた。
キャミソールを着ているのに、外に出ると蒸し暑い。
「暑い……」
自転車をこぎながら独り言をつぶやいてしまう。
「あ……日焼け止め塗るの忘れた……」
そんなことを考えていると、近所のデパートに着いた。
一人で買い物なんて虚しいな……。
そう思いながらも駐輪場に自転車を止め、中に入った。
中に入ると、外とは違いひんやりしていた。
浴衣売り場に到着。
鮮やかな色とりどりの浴衣がそろっていた。
悩んでいると後ろから声をかけられた。
声の主は、光輝の親友でさとみと同じ中学の二階堂《にかいどう》渉。
「久しぶりだな。未来は今日一人？」
渉がたずねる。
「まあね。渉は？」
あたしが問いかけると、

「俺も一人だけど」
そう言って笑った。
趣味でサーフィンをしている渉は真っ黒に日焼けしていた。
「未来は買い物？」
渉がたずねる。
「浴衣選んでるんだ。光輝と夏祭りに行くんだ」
あたしがそう言うと渉はため息をついた。
「俺も彼女欲しい……」
渉には彼女はいない。でも好きなのはきっと……。
「ねぇ、さとみのこと好きでしょ？」
あたしがそう言うと渉の顔は真っ赤になった。
「やっぱりね」
あたしが笑うと、
「だれにも言うなよ」
そう照れくさそうに言った。
「わかったよ」
「じゃぁまたな」
渉が歩き出したとき、あたしは言った。
「うまくいけばいいね」
そう言うと、渉は振り返り笑った。
渉が帰ったあと、あたしは悩んだ挙げ句、紺地の浴衣と海に行くときのために水着も購入し家路を急いだ。
夏祭りが楽しみで仕方なかった。

そして、いよいよ夏祭りの日。
あたしは新品の紺色の浴衣を着て長い髪をアップにする。
そして、いつもより大人っぽく化粧をした。
いろいろやってると待ち合わせの時間。
あたしは急いで家を出た。
ちょうど光輝がジーンズに手を突っ込みながらダルそうに歩いて来るのが目に入った。
ジーンズにＴシャツ。ラフなスタイル。
光輝の私服はいつもそんな感じ。
決して嫌いではない。
でも浴衣姿が見たかったなぁ、なんて心の中で思ったりもした。
「未来、早いな」
「うん。なんか楽しみで」
あたしがそう言うと、小学生かよ～と突っ込まれた。
光輝は優しくあたしの手を握り歩き出した。
いつもは早足なのに、下駄《げた》を履いて歩きにくいあたしに合わせゆっくりと。
祭り会場は人で溢れていた。
「未来、なんか食べる？」
「じゃあ、かき氷で！」
あたしはイチゴ味。光輝はブルーハワイのかき氷を食べた。
頭がキーンとする。でもあたしは、この頭がキーンとするのが好きだった。

夏も、お祭りも、風鈴も、スイカも、かき氷も、花火も、みんな大好き。
「次どこ行く？」
「ん……」
あたしが迷ってると、
「金魚すくい行こう！　俺、得意なんだ」
そう言って少年のようなキラキラした瞳であたしを見つめ、手を引いて行った。
水槽の中にはたくさんの金魚。
赤いものから黒いものまで。
あたしは、しばらく金魚を見つめていた。
「んじゃ、やります！」
お金を払い終わった光輝が八重歯を見せて笑い、金魚すくいに挑んだ。
あたしは、どうせすくえるわけない。そう思っていたのに、光輝はいとも簡単にいっぺんに二匹、そしてもう一匹すくった。
計三匹。赤い金魚が二匹。黒い金魚が一匹だ。
「お兄さん、うまいね～」
光輝は出店のお兄さんに褒められて上機嫌だった。
「これ未来にあげる」
そう言って光輝は八重歯を出して笑った。
「ありがとう」
あたしはその金魚をじっと見つめた。

早く帰って水槽に入れてあげないとな、と考えていた。
「未来、そろそろ始まるよ」
そう言って光輝はあたしの手を引き速足で歩く。
着いたのは河原。
「ちょっと早かったか」
光輝は携帯を開きながらつぶやいた。
「ここ一番きれいに花火見えるんだよね」
そう言って笑った。
空には星がきれいに輝いていた。
「ちょっと飲み物買って来んね」
そう言うと光輝は走り出した。
「もぅ」
残されたあたしはブツブツ文句を言うしかない。
周りを見ると人は少なく数組のカップルがいるだけだった。
あたしは意味もなく、携帯を開いたり閉じたりを繰り返していた。
そして金魚に一言、
「バカ光輝」
とつぶやいた。
10分くらいたった頃だろうか、光輝が走って帰って来た。
当然あたしはご機嫌斜め。
「未来ちゃ〜ん？　怒ってる？」
あたしはなにも言わずにプイッと顔を反対側に向けた。
すると後ろから光輝は肩に両手をまわし耳元で、

「ごめんね」
とつぶやいた。
その両手にはジュースが握られていた。
「怒ってないよ」
思わずそうつぶやいた。
「はぁ〜よかった」
光輝はニコッと笑顔を見せる。
あたしはこの笑顔には勝てそうもない。
そのとき、ドッカーンという音とともに夜空に花火が打ち上げられた。
「うわぁ。きれいだね」
「また来年も見に来ような」
そう言って彼はあたしの唇にキスした。
あたしたちはさらに何度か唇を重ねた。

「そろそろ帰ろうか」
光輝が言った。
あたしの手を握りながら光輝は立ち上がった。
ん???
手を握ったときに、なにか手のひらに違和感を覚えた。
「未来、どうした？」
あたしはゆっくり手をほどき、手のひらを見つめた。
そこにはシルバーのピンキーリングがあった。
「これ……」

あたしがそう言うと、光輝は照れくさそうに笑った。
「光輝、ありがとう」
「幸せって右手の小指から入るんだって。それで左手から幸せが逃げてしまわないように、ちゃんとつけてて」
そう言ったときの光輝の顔は真剣だった。
指輪ははめるとぴったりで、光輝がどんなふうに選んだのか想像するとおかしくなった。
ずっとこんな日が続けばいいのに。

光輝は家まであたしを送ってくれた。
「未来、またな」
あたしは家に帰ると、小指に輝く指輪をずっと見つめていた。
幸せ逃がさないからね。
小指を見つめ、そうつぶやいた。

夏休みも半ば。
あたしと光輝とさとみと渉で海へ行くことになった。
本当は百合も行くはずだったけれど、沖縄旅行のためキャンセルされてしまった。
当日は晴天。
海までは男女別で行動。
あたしは紫外線を気にして、顔はもちろんのこと腕や足にも日焼け止めを塗った。

あたしより日焼けを気にしているさとみは、倍も日焼け止めを塗っていた。
あたしはさとみの水着を見て一言。
「さとみ……すごい水着だね……」
さとみが着ていたのはイエローのビキニ。
すごく目立っていた。
さとみはスタイルがいいので、本当のモデルさんみたいだ。
あたしはというと、黒地に白のドットでフリフリがついている、さとみと比べたらすごく子どもっぽい水着。
「未来、可愛いよ」
さとみはいつもの笑顔を見せる。
さとみのスタイルを見て今日までに５kg痩せるべきだったなぁ……と後悔。
そして海に着くと渉と光輝はすでに来ていて、パラソルの中で暑さをしのいでいた。
「さとみおせぇよ!!」
気づいた渉が声を上げた。
チラッと見た渉は、サーフィンをしているだけあり、かなりの色黒。
一方の光輝はというと白い。
普通の肌の色かもしれないが、渉と対比すると明らかに光輝が白かった。
「光輝、白いね」
あたしがそう言うと、

「あんまり日に焼けない体質だからな」
そう言ってニカッと笑った。
光輝はあたしの手をつかみ海へ走り出す。
そして、あたしは見事に海へ落とされた。
口の中には潮の味が広がる。
「しょっぱ……」
せっかくセットした髪も化粧もグチャグチャだ。
「未来おもしれ〜」
そう言いながら、光輝は笑っていた。
「もう!!」
あたしが拗ねると、
「ごめんってば」
あいかわらずニコニコしながら言ってくる。
それで、あたしは許してしまう。
「俺ちょっと休んでいるから」
そう言ってパラソルのもとへ戻った。
「光輝、具合でも悪いの？」
光輝の親友の渉にたずねる。
「軽い日射病じゃないか？　あいつ暑さ弱いし」
ふと光輝を見ると、
「俺写真撮るから、お前ら好きなだけはしゃげー」
こっちに向かい、そう叫んだ。
あたしたちが遊んでいる間も、光輝はカメラ片手に海や空、
砂浜……いろんなものを撮っていた。

写真を撮っているときの光輝の目はキラキラと輝いていた。
時間はあっという間に過ぎていく。
光輝はたくさんの写真を撮ってくれた。
「現像楽しみだね」
あたしがそう言うと、いつものような笑顔を見せた。
「そろそろ帰ろうぜ」
そう言ったのは渉。
すっかり日も落ちて、辺りには人が少なくなった。
「そうだな。お前、さとみを送って行けよ」
光輝が渉に言うと、渉はすごくうれしそうな笑みを浮かべ、
「わかったよ」
と言った。
二人を見送ってからあたしたちは、ゆっくりと人けの少ない海辺を歩いた。
しっかりと光輝の手を握りしめながら。
「なぁ未来、海好きか？」
光輝はあたしにたずねる。
「好きだよ。夏の行事が全部好き」
あたしがそう言うと、
「小学生みたいだな」
と笑った。
そのとき、光輝はなにかを思い出したようにあたしの手を握ったまま走り出した。
着いた先は駐輪場。

「未来さ、ペンかなにか持ってる？」
急いで鞄を探ると、中から手帳が出てきた。
あたしは手帳にさしてあったペンを手渡した。
「ここにさ、二人の夢を書かない？　将来の夢」
光輝はそう言って、ペンのキャップをはずし書き出した。
<カメラマン>
そう書いた。光輝らしいなと思いながらあたしもペンで同じように駐輪場の壁に書いた。
<お嫁さん>
二人で笑い合い、キスをした。
「また来年も来ような」
光輝が言い、あたしたちは固く指きりを交わした。

# シングルベッド

「おはよー」
久しぶりの学校。
さとみはあいかわらず色白。沖縄に行ってた百合は日に焼けていた。
そして夏の思い出を三人で語り合った。
「これ、お土産」
日焼けした百合はあたしたちに袋を渡した。
中には小さくて可愛いシーサーの置物。
「可愛い！」
「守り神なんだから大切にしてね」
百合がニッコリ微笑んだ。
あたしとさとみは顔を見合わせて笑った。
新学期になり、周りは慌ただしく受験ムードになっていく。
百合は就職、さとみは進学。
光輝も就職。渉も就職。
決まってないのはあたしだけで焦りが募る。
あの頃のあたしは夢なんかなくて、光輝とずっと一緒にいれればいい。
ただそれだけ考えていた。

けんかの発端は、帰り道、光輝に言われたこと。

「未来、将来のこと考えてんの？」
あたしはその一言で焦りとイライラが爆発し、言い争いになった。
光輝は怒って帰ってしまった。
一人の帰り道はとても寂しく、光輝の、
“将来のこと考えてんの？”
その言葉で頭の中がいっぱいになる。
あたしは家に入ると、制服を脱ぎ捨て布団に潜り込んだ。
なんで将来のことなんか考えなきゃいけないの？
光輝と一緒にいたいだけじゃダメなの？
卒業なんかしたくない。
大人になんかなりたくない。
その頃のあたしは幼くて、自分でも呆れるくらいワガママで現実から逃げてばかりいた。
それでも光輝の怒った顔を思い出すと不安になる。
絶対、光輝に嫌われた。
光輝に嫌われたら、あたしどうすればいい？
なんであんなこと言ったんだろう。
後悔の念ばかりがあたしの胸を締めつけ涙が溢れた。
あたしは布団の中で声を押し殺し泣いた。
光輝だけは手放したくない。
光輝はあたしの光だから。

夜の10時を回った頃チャイムが鳴った。

――ピンポーン――

「未来！　お父さん、手が離せないから出てくれ」

父に言われて涙を拭い、渋々玄関に向かった。

「はい」

――ガチャ――

扉を開けると、立っていたのは光輝だった。

あたしはとりあえず外に出た。

「ごめん」

光輝はいきなり頭を下げた。

「あたしのほうこそ……イライラとかぶつけてごめんなさい」

「未来ごめんな。泣かせないって約束したのに」

光輝はあたしの泣きはらした目を見つめて小さくつぶやいた。

「悪いのは光輝じゃないよ」

その瞬間、あたしは光輝の胸の中にいた。

「ずっと俺のそばにいるよな？　どこへも行かないよな？」

光輝はいつになく不安そうな顔でたずねる。

「うん。光輝、大好き」

あたしたちは時間も忘れ、しばらく抱き合っていた。

「中入ろっか？」

まだ離れたくなくてあたしが言うと、光輝はやっと笑顔を見せた。

「お邪魔します」

リビングに行くと、ちょうど父がお風呂上がりでテレビを見ていた。

「こんばんは！　お邪魔します！」

光輝はかなりテンパりながら挨拶をした。

「矢野くんだったかな？　ゆっくりしていきなさい」

そう言って父は優しく微笑んだ。

「もう遅いし泊まっていきなさい。お風呂沸いてるから、未来、準備してあげなさい」

「いえ！　泊まりとか悪いですから」

そう言う光輝の言葉も聞かず、この日は泊まりになった。

あたしとしてはうれしい出来事。

でも、ちょっぴり恥ずかしくもあった。

彼氏を、男の人を家に泊めるなんて初めてのことだから。

「お風呂入っていいよ」

あたしはタオルと兄が置いていった服を渡した。

「サンキュー」

そう言って光輝はバスルームに消えていった。

あたしはドキドキしながら部屋で待っていた。

カーテンを開けると星空が広がっていた。

しばらくすると光輝がお風呂から上がり、あたしの部屋に来た。

「お風呂どうも」

「ううん」

なんか会話がぎこちない。

「未来も入っておいでよ」
「あっ、うん」
あたしはタオルと着替えを持ちバスルームに向かった。
心拍数が上がりまくり。ため息ばかり出てくる。
緊張してるの？　なんだろう。このドキドキは。
お風呂から上がり鏡で顔をチェック。
一瞬固まった。
「最悪」
鏡に向かいポツリとつぶやく。
あたしはもともと童顔な上に、化粧を落とすとさらに童顔。
眉毛《まゆげ》はない。そして、おでこにニキビ。
ため息しか出てこない。
寝るのに化粧するわけにいかず、あたしは眉毛だけ描《か》き部屋に向かった。
あたしが部屋に入ると、光輝はすでにベッドで寝ていた。
はぁ、とため息をつきながらあたしはベッドに近づいた。
そっと光輝の頭を撫でようとしたとき、光輝が目を開け、あたしはそれに驚いた。
「プッ。寝たふりしてたのに信じてやんの」
そう言って乾かしたばかりの髪をクシャクシャにした。
「ムカつく」
あたしは拗ねてベッドから離れて窓の近くに行った。
「未来、怒ったの？　ごめん、て」
後ろからは光輝の声が聞こえる。

あのときのあたしは完全にむくれていたと思う。
今思えば初めてのお泊まりなのに。
光輝は後ろからあたしを抱きしめた。
「未来、機嫌直してよ？」
その声があまりにも寂しそうだったので、あたしの怒りは収まっていった。
「星きれいだね」
光輝がつぶやいた。
同時に同じことを思っていたのがうれしかった。
「光輝、好きだよ」
「うん、俺も」
そしてあたしたちは唇を重ねた。
温かい光輝の体温が伝わってくる。
こんなにも幸せで怖かった。
電気を消し、二人でシングルベッドに潜り込んだ。
「狭っ!!」
「光輝がでかいんでしょ!?　文句言わないでよ」
あの頃のあたしは本当に素直じゃなかった。
光輝はあたしに覆《おお》い被《かぶ》さり何度もキスを繰り返した。
そしてこの夜、光輝に抱かれた。

朝起きて大きい体の光輝が一生懸命小さくなって寝てるのを見ると、少し微笑ましく思えた。

## 疑惑

季節は夏から秋へ。
九月に入った頃から、あたしたちはすれ違うようになった。
ううん……光輝が明らかにあたしを避けている。
メールの返事も来ない。
下校のときも光輝はあたしとは帰らなくなった。
寂しさと虚しさが頭の中を占拠する。
ある日あたしは屋上へ上がった。
「光輝に嫌われちゃったかな」
生徒手帳の中の二人の写真を取り出し、つぶやいた。
あぁ……あたしは、やっぱりあの女の子どもだ。
男なしでは生きられないあの女の……。
ダメじゃん。全然強くなれてない。
流れた涙は風に当たって、少しずつ乾いた。
ひとしきり泣いて、すっきりしたところで教室に戻った。
教室内にはあたしの見たくない光景があった。
クラスメートの早川《はやかわ》さんと光輝が、まるで恋人同士のようにイチャイチャしていた。
なぜかクラスメートはあたしを見つめる。
あたしは渉に目をやったが、そらされてしまった。
思考回路が停止。
なにが起こっているのかわからない。

なぜあたしの指定席に早川さんがいるのかも。
あたしを避けてる光輝が、早川さんとなぜイチャイチャしてるのかも。
渉が視線をそらしたのも……なにもかもわからない。
あたしは呆然《ぼうぜん》と立ち尽くした。
「未来！」
近づいてきたのは百合とさとみ。
「どういうこと？　なんで光輝が早川と仲よくしてるの？　渉に訊いたけど教えてくれないの」
さとみは少し興奮気味にたずねた。
「知らないよ！　訊きたいのはあたしのほう！」
気づくと大声で叫んでいた。
視線が痛い。
あたしは教室から飛び出した。
教室から飛び出し、そのまま屋上への階段を無我夢中で駆け上がった。
光輝のウソツキ。
光輝のウソツキ。
あたしの頭の中は裏切られた気持ちでいっぱいだった。
屋上へ上がると、悔しいほど澄み渡ったきれいな青空が広がっていた。
自分が惨めに思えるほどの……。
「うっ……うっ……」
あたしは声を押し殺して泣いた。

光輝のウソツキ。
大嫌いだよ……。
あたしは制服のポケットからカッターを取り出した。
もう二度と切ることはないと思っていた。
約束したのに、また自分を傷つけた。
思いきりカッターで左手首を切った。
血がにじんでくる。
真っ赤な血がツゥーとあたしの手首を赤く染める。
あたしはそれを見ながら少し微笑み、屋上のアスファルトの上に寝そべった。
アスファルトは血で染まっていった。
「おい」
そのとき後ろから声がした。
低い男の声。
足音が近づき、その男はしゃがんで、あたしの顔を覗き込んだ。
金髪でいかにも怖そうなヤツ。
それが彼の第一印象。
ソイツはなにも言わず、あたしの横に座りポケットからタバコを取り出し火をつけた。
「あんたも吸う？」
「あたしタバコ吸わないから」
そう言うと、ソイツは「ふぅ～」とタバコの煙を吐き出した。
「自分傷つけんなよ」

ソイツは今吸い始めたタバコの火を消し、おもむろに鞄からタオルを取り出し、あたしの手首を止血した。
「なにすんのよ！」
「うっせぇ！」
低い声で怒鳴られ、あたしはなにも言えなくなった。
彼はなにも言わず、アスファルトについた血の染みもタオルで擦っている。
でも、やっぱり取れない。
「あんた、なんであたしに構うの？」
「お前バカか？　人が手から血出してんのにほっとけるか。お前ならほっとくんか？」
ソイツの問いにあたしは答えなかった。
下を向くと涙が溢れポツポツとアスファルトを濡らした。
「早川と矢野のことか？」
ソイツは、そうつぶやいた。
「なんで知ってんの？」
「お前、俺のこと覚えてない？」
あたしはソイツの顔をまじまじと見る。
金髪、ピアス、少し細く鋭い目。
わからない。
「ごめん。だれ？」
あたしがそう答えると、ソイツは笑い出した。
「ひでぇ！　俺、二年のとき同じクラスだったんだけどなぁ。山本晴紀《やまもとはるき》。覚えといてよ、川瀬未来チャン」

そう言って、鋭い目からは想像できないほど優しい顔で笑った。
「もう切るなよ？」
そう言った彼の目はなんだか悲しそうだった。
テンションの高い晴紀につられ次の授業もサボり、二人で屋上でタバコを吸った。
タバコの煙が空高く昇ってゆく。
口の中にはメンソールのスーッとした味が広がった。
逃げないって決めたのに。
いつしか屋上はあたしの逃げ場になっていた。

教室へ戻ると、みんなの変なものを見るような視線が突き刺さった。
あたしは無言で席に着く。
涙は流さない。
授業が終わると、さとみが話しかけてきた。
「未来、一緒に帰ろう？」
「うん」
さとみの優しさがうれしかった。
「二人で帰るのは久しぶりだね」
さとみはあえて光輝の話題は避ける。
きっと、さとみなりの優しさなんだろう。
「そうだね」
あたしは軽く微笑んだ。

なにげない話をしながら歩いていると前方に男女がいた。
光輝と早川さんだった。
早川さんは光輝の腕に自分の腕を絡めていた。
見たくないものを見てしまった。
あたしより先に、さとみが走り出した。
そして光輝の腕をつかまえた。
「光輝！　どういうこと!?」
あたしも駆け寄り、光輝を黙って見つめた。
「ごめん」
光輝は一言そう言った。
ごめんって、なに？
「はぁ？　あんた、未来のこと大切にするって約束したよね？　傷つけないって言ったよね？　嘘だったの!?　バカにすんなよ！」
さとみは思いきり光輝の頬にビンタした。
光輝は視線をあたしに向けると、
「ごめん、未来」
そう言って走り出した。
早川さんが鼻で笑った。
あたしたちは、しばらく立ち尽くしたままだった。
なにがあったか理解できずに、ただ立ち尽くしていた。
「光輝、なんかおかしいよ」
さとみは、あたしを元気づけようとしてくれたのだろう。
あたしの手をギュッと握った。

「大丈夫だから」
あたしはまた無理に笑顔をつくった。
家に帰り光輝に電話してもつながらず、メールはエラーで返ってくる。
あたしの心は破裂寸前だった。

# 真相

次の日、家までさとみが迎えに来た。
「光輝、絶対おかしい。あたし今日、渉を問い詰めてみる」
「いいよ。きっとあたし汚れてるから。汚いから……。早川さんのほうがよくなったんだよ」
「未来のバカ」
あたしは学校へ行くと、また屋上へ逃げた。
あたしが屋上へ着くとすでに先客がいた。
山本晴紀。
あたしは無言でポケットからタバコとZippoを取り出し、火をつけ煙を吸い込み吐き出した。
「ふぅ〜」
晴紀は不思議そうにあたしの顔を眺める。
「どした？」
「なんか世界の終わりって感じ？」
あたしが無理して笑うと、晴紀はため息をついた。
今日も青空が一面に広がっていた。
——ギィ——
錆びついた屋上の扉が開き、あたしたちは振り返った。
そこには息を切らしたさとみと、さとみに連れて来られたであろう渉の姿があった。
「二階堂じゃん」

晴紀がつぶやいた。
「おっす」
渉は軽く挨拶をした。
どうやら二人は知り合いらしい。
「渉を問い詰めたの！　早川と光輝のこと！　光輝は未来を嫌いになってないよ！　未来を守るために早川と一緒にいるんだよ！」
さとみの声は屋上に響き渡った。
あたしの思考回路が止まった。
「二階堂！　俺ら教室、戻ろうぜ」
きっと晴紀は気を遣ってくれたのだろう。
「未来、負けんなよ！　じゃあね、辻宮さとみチャン」
晴紀はさとみに微笑みかけ、渉とともに屋上を後にした。
「つか、だれアイツ。ウザッ」
さとみが眉間《みけん》に皺《しわ》を寄せて言ったので、あたしは笑った。
「って未来、笑ってる場合じゃないの」
さとみの目が鋭くなる。
「早川の元カレわかるよね？」
さとみは訊きにくそうに、あたしの顔を見る。
早川さんの元カレは、あたしが初めて付き合った……そしてあたしをレイプした達也。忘れるはずがない。
「早川の元カレが、未来がレイプされたのも売春やってたのもバラしたの。早川さん、光輝のこと好きだからバラされたくなかったら付き合えって脅してんの。許せない」

だから光輝、あたしを避けてたんだ。
あたしを守るために。
守られてばかりじゃいられない。
あたしは大切な人と一緒にいることが一番大事。
たとえどんなに傷つこうとも。
あたしは、さとみの話を聞き終わると屋上を飛び出した。
あたしは教室へ向かった。
早川さんは女子とおしゃべりをしていた。
「早川さん、ちょっといい？」
「あれ〜川瀬さん、欠席かと思ってたぁ」
そう言って早川さんはまたクスクス笑い出した。
「話があるんだけど」
あたしがそう言うと、
「あたしもあんたに話あるから」
そのときの早川さんの目は笑っていなかった。
そしてあたしたちは屋上へ向かった。
「話ってなに？」
彼女はベンチに座り足を組みながらタバコを吸い始めた。
「光輝のこと。全部聞いたから！　最低だね！　光輝はモノじゃない！」
「ずいぶん強気ね。ぜ〜んぶバラしてもいいの？　あんたがレイプされたことも援交してたことも」
そう言って彼女はタバコの煙を吐き出した。
「勝手に言えば。あたしは痛くも痒《かゆ》くもない！　光輝を失うくらいならね！」
早川さんはまたクスクスと笑い始めた。
「じゃあ辻宮さんが不倫の挙げ句に中絶した話も言っていいんだ？」
あたしは固まった。
「なんで知ってんの？」
「やだ～、そんなに怖い顔しないでよ。偶然立ち聞きしちゃっただけ」
そう言って彼女は意地の悪い笑みを浮かべ、またクスクス笑い出した。
「あんた本当に最低！　あたしのことはなに言っても構わない！　でも、さとみまで巻き込んだら許さない！　それに、あんたみたいな女に光輝は渡さない！　あんたには光輝を幸せにできない！」
あたしは精いっぱいの気持ちを早川さんにぶつけた。
彼女は立ち上がりあたしの右頬をぶった。
鈍い痛みが走る。
「なんで、あんたにそんなこと言われなきゃなんないのよ！　あんたみたいな女、一番嫌いなのよ！」
そう言うと彼女は、あたしの長い髪を引っ張りポケットからハサミを出した。
「なにすんのよ！」
「言葉でわかんないなら、こうするしかないじゃない！」
――ジョキジョキ――

そんな音とともにあたしの長くて黒い髪が地面に落ちた。
そして風に乗り屋上から飛んでいく。
もう抵抗することすらやめていた。
ただ悔しくて虚しくて。でも涙は出てこなかった。
――ギィ――
そのときだった。
錆びついた屋上の扉が開いた。
光輝だった。
「光輝！」
彼の顔は怒りに満ちていて、あたしが今まで見たことのないくらい怖い顔だった。
ゆっくりと早川さんのほうへ歩き出す。
そして早川さんの胸ぐらをつかんだ。
「てめぇ。未来になにしてんだよ」
それは、すごくすごく低い声だった。
「だって」
早川さんは今にも泣きそうな顔をしていた。
「なによ。未来未来って。あたしのほうがずっとずっと光輝のこと好きだったんだから！」
彼女の声が屋上に響き渡った。
「だから？　だから未来になにしてもいいってか？」
さっきよりも低い声で光輝が問いただした。
「だって手に入れるにはこうするしかなかった……」
光輝は彼女の胸ぐらをつかんでた手を離した。

それと同時に彼女は泣きながら屋上から走り去った。
「未来、ごめん！」
光輝はあたしに頭を下げた。
「いいよ。全部早川さんから聞いた。光輝はあたしを守るためにしてくれたんでしょ？　あたしの気持ちは変わらない」
「本当ごめん……」
光輝は地面に散らばったあたしの髪の毛を拾い集めながら謝った。
光輝が大好きだった黒のロングヘア。
「どんな未来でも俺は好きだから」
彼は澄んだ目であたしに言った。
あたしはギザギザの髪で笑った。
――ギィー――
屋上の扉からさとみと百合、そして渉が顔を出した。
「わりぃ、盗み聞きしてた」
そう言って渉は舌を出した。
「てめぇ」
光輝は渉を追いかけ、あたしたちもそれにつられ走り出した。
廊下にいる人たちは、あたしを不審な目で見ていた。
視線がイタイ。
教室に入ると、みんなが一斉にあたしたちを見た。
黒板には、

“川瀬未来。援交大好き。レイプされちゃいました”
などと書かれていた。
“辻宮さとみ不倫妊娠中絶”
さとみは下を向いた。
あたしは迷わず早川さんのほうに走り出し、右頬をぶった。
「あたし言ったよね？　さとみを傷つけたら許さないって？」
そして早川さんの胸ぐらをつかみ体を持ち上げた。
あたしより背が低く体重の軽い早川さんは少し宙に浮き、足をバタバタさせている。
「次やったらマジで許さない」
そう言って、早川さんの体を突き飛ばした。
光輝は黒板の文字を消してから大きい声で言った。
「これ以上俺の女やダチに変なことしたら、男でも女でも許さねぇから」
そう言って、黒板消しを床に投げた。
「光輝、かっこいいじゃん」
さとみがそっと耳打ちをした。
「でも未来も、かっこよかった」
そう言って、さとみは微笑んだ。

## 絆

「ってことで俺らサボるから」
そう言うと光輝は、あたしの鞄を持ち手を引いた。
温もりを感じた。
そして光輝の自転車の後ろに乗る。
前と変わらない広くて温かい背中。あたしはその背中に顔をうずめギュッと抱きしめた。
「光輝ごめんね。あたし光輝のこと信用できてなかった。浮気してるんじゃないかって。あたしに飽きたんじゃないかって怖かった」
「未来が謝ることねぇよ。俺こそごめんな」
あたしはさらに強く光輝を抱きしめた。
離れないで……どこにも行かないで……。

連れて来られたのは美容室。
美容師はあたしの頭を見て驚くばかり。
当然だろう。長さもバラバラでギザギザの髪なんだから。
「すっげぇ可愛くしてください！」
光輝がそう言うと美容師は笑った。
「仲いいんだね」
あたしの頬はピンク色に染まった。
30分後カットが終了した。

背中まであった髪は肩の長さでそろえられていた。
「いいじゃん、未来」
光輝が微笑む。
「あたしはなんでも似合うからね～」
「うぜぇ」
その様子を終始笑顔で見つめる美容師。
お会計を済ませて帰ろうとしたら、
「仲よくね」
そう言われ、また少し恥ずかしくなる。
光輝はあたしの手を引き、自転車の後ろに乗せる。
ふわぁっと風が髪を揺らす。
「気持ちいいね」
「あぁ」
「どこ行くの～？」
「なに？　聞こえねーよ」
わざと聞こえないふりをする光輝をなんだか愛おしく感じた。
ずっとこの広い背中を見つめていたい。
そのとき、そう思ったんだ。
――キィ――
光輝が自転車を止めた。着いた先は彼の家だった。
「光輝の家、久しぶりだなぁ」
「そうだな」
光輝はポケットから鍵を取り出し玄関を開けた。

「お邪魔します」
だれもいない家にあたしの声が響く。
そして光輝の部屋に入った。
前来たときとなにも変わらない部屋。なぜか、それが懐かしい。
「未来、好きだよ」
光輝はあたしの顔を見つめてつぶやいた。
そして何度もキスを重ねた。
久しぶりに二人の唇が触れ合った。
温かい……。
光輝は優しくベッドにあたしを押し倒す。
何度もキスを交わし何度も愛し合った。
この日、久しぶりに光輝に抱かれた。
なぜかあたしの目からは涙が溢れた。
「未来、痛い？」
光輝は心配して、あたしの顔を覗き込む。
「好きすぎて怖い」
あたしがそう言うと、光輝は優しく抱きしめてくれた。
「それは俺も同じだよ。未来のこと欲しくて欲しくてたまらない。言葉じゃ言いきれないほど愛してるんだ」
光輝は顔を赤らめながら言った。
「未来どこにも行かないよな？　ずっとそばにいてくれるよな？」
そのときの光輝の顔はいつになく真剣だった。

「うん。死ぬまで一緒にいる」
あたしはそう言って、抱きついた。
「高校卒業したら一緒に暮らそう。俺、頑張るから」
光輝はそう言って、あたしをキツく抱きしめた。
少し汗ばんだ体がくっつき、ひんやりと冷たい。
「約束だよ」
あたしたちは固く指きりをし、たくさんたくさんキスをした。
次の日、学校へは少し行きづらかった。でも、さとみも百合も渉も光輝もいる。
一人じゃない。
最初はみんなの視線が怖かったが、日が過ぎるうちに、あたしたちのことを理解してくれるようになった。

そんなある日、あたしは授業をサボり屋上へ行った。
少し肌寒くなったけれど、それも気にならないほどきれいな青空が広がっていた。
あたしはフェンス越しに景色を見ていた。
——ギィー——
錆びついた扉が開いた。
「よっ、久しぶり」
晴紀だった。
「うん、久しぶり」
晴紀はそのままあたしの隣に立ち、ポケットからタバコを取り出してあたしに渡した。
「ありがとう」
「髪切ったんだ」
「まぁね。なんでも似合うから、あたし」
あたしはおどけて笑った。
「バカじゃねーの」
晴紀にあっさりと冷たく返された。
タバコの煙が空高く昇っていく。
「川瀬さ、矢野のことどれくらい好きなの？」
「はっ？」
いきなりの問いかけに、あたしは戸惑う。しばらく考えて答えた。
「言葉じゃ言い表せないかな。スッゴく好きなのは確か」
そう言って笑った。
晴紀はタバコの煙を吐き出し、あたしを見て言った。
「俺、川瀬が好きだよ」
「えっ……」
体が硬直して動かない。
「一年のときから好きだった。川瀬だけ見てた」
「ごめっ……」
あたしが謝ろうとしたら晴紀に止められた。
「言うな。わかってっから。川瀬……矢野と付き合うようになってからよく笑うようになったし。悔しいけど矢野にはかなわねぇよ」

そう言って、また煙を吐き出す。その横顔はどこか悲しげだった。
「俺のワガママだけど、川瀬の友だちでいさせて？　今までみたくなんでも話せるような。なにかあったら、ここへ来ればいい」
「……ありがと」
晴紀は少し切なそうに微笑むと、タバコの火を消した。
「じゃ、俺、行くわ」
そう言って、錆びついた扉を開けていなくなった。
残ったのはタバコの吸い殻だけだった。
苦しい……。
晴紀の顔を見ると胸が痛んだ。
ごめんと言えば、また彼を傷つけてしまう。
だからあたしは、今まで通りでいることを選択した。
ずるいかもしれない。汚いかもしれない。
でも、あの頃のあたしには、それしかできなかった。
あたしはアスファルトに寝そべり青空を見上げた。
――ブーッ、ブーッ――
制服のポケットに入れてある携帯が震えた。
あたしはゆっくり携帯を取り出した。
「メール……」

From　光輝
＜未来今どこ？＞

To　光輝
＜屋上＞

短いメールを送信した。
少ししてから、屋上の扉が開いた。
「お前サボりすぎ。単位やべーぞ」
光輝だった。
「光輝だって人のこと言えないでしょ」
あたしは唇を尖らせイヤミっぽく言った。
「それ言うなよ……ってか、今日放課後、空けとけよ！」
そう言い放つと、光輝はまた戻って行った。
「今日なんかあったっけ？　記念日じゃないし……」
あたしは屋上で一人つぶやく。
その日の放課後、すぐに光輝はあたしのもとへ飛んで来た。
「行くぞ！」
「ちょっと待ってよ～」
さとみたちはニコニコしながらこっちを見ている。
あっという間に校舎から連れ出され、光輝の自転車の後ろへ乗せられた。
「どこ行くの？」
「秘密」
そう言いながら光輝は軽快に自転車をこぐ。
風でふんわりと、光輝のつけてる香水の匂いがする。
もう秋。少し肌寒い。

着いたのは光輝の家だった。
「部屋で待ってて！」
そう言われ、あたしは渋々光輝の部屋に入りベッドに座った。
光輝の部屋のコルクボードは、あたしとの写真で埋め尽くされていた。
壁にはプリクラもたくさん貼《は》ってあった。
なんだかうれしくなってしまう。
「ジャーン！」
そう言いながら、光輝はケーキを持って登場した。
18本のロウソク。チョコの板の上には、
＜みくちゃん誕生日おめでとう＞
の文字があった。
「今日、あたしの誕生日かぁ」
「お前、忘れてたわけ？」
光輝が呆れた顔で訊いてくる。
「うん」
「あほだな」
笑いながら、光輝は18本のロウソクに火をつける。
そしてカーテンを閉め電気を消した。
「未来、誕生日おめでとう。生まれてきてくれて、ありがとう」
光輝の表情はわからないけど、きっと照れていたと思う。
あたしは一気に火を消した。

「フーッ」
一瞬にして暗くなった。
「光輝、ありがとう」
電気がつき、周りが明るくなる。
「未来、泣くなよ。可愛い顔が台無しじゃん」
光輝は後ろからあたしを抱きしめ、そう言った。
幸せ……幸せ……。
本当に生まれてきてよかった。
光輝に出会えてよかった。
「未来、後ろ向いて」
あたしが後ろを向くと、カチャカチャ音が聞こえる。
「目つぶってな」
胸の辺りがヒンヤリした。
「目、開けていいよ」
あたしが目を開けると、胸元にはあたしの欲しかった
ANNA SUIのネックレスがあった。
「あらためて、誕生日おめでとう」
「ありがとう……」
あたしは光輝にしがみついて泣いた。
そして、また光輝に抱かれた。優しく優しく……。
その日、家に帰るとパーンという音に出迎えられた。
「未来、誕生日おめでとう！」
父は年甲斐《としがい》もなくクラッカーを鳴らした。
兄も希美さんも来ていた。

「未来ちゃん、誕生日おめでとう」
希美さんがくれたのは、あたしの誕生石のピアス。
秀兄がくれたのは、ピンクのミュール。
そして父はヴィトンの財布をくれた。
これにはあたしも驚いた。
「今までの分のプレゼントだ。それにお前の財布ボロボロだろ」
あたしのOLIVE des OLIVEの財布は確かにボロボロだった。
「お父さん、秀兄、希美さん、ありがとう」
あたしは18歳になった。
次の日、学校では百合からはおそろいのストラップ、さとみからは星形のピアスをもらった。

幸せ……。
この言葉しか出てこない。
神様、どうか、ずっとずっと、このままでいさせてください。

## 再婚

それからしばらくたった日の放課後、さとみたちとカラオケに行っていたらメールが入った。

From　お父さん
＜今日は大事な話があるから早く帰って来なさい。秀行も来るから＞

なんだろう……。そう思いながらも、
＜了解！＞と返信をし、いつもより早くカラオケ店から出て家路を急いだ。
玄関を開けると、秀兄の靴があった。
「ただいま～」
いつものように家に入る。
リビングには父と兄。
「おかえり。とりあえず着替えて来なさい」
いつになく真剣に言われ、部屋に向かった。
大事な話ってなんだろう……。
希美さんの妊娠とか？
あたしは想像を膨らまし、着替えを終えてリビングに向かった。
「話って？」

あたしは自分の席に座り、父を見つめた。
「あのな、父さん……再婚しようと思うんだ」
「はっ????」
兄を見ると、すでに知らされている顔。
再婚……。
「未来の話を聞きたくて」
父は少しやわらかい口調で言った。
あたしは父を睨《にら》みつけた。
「あたしは反対だから！　再婚なんて絶対にイヤ！」
そう言い放つと席を立ち、自室にこもった。
あの頃のあたしは子どもだった。
大好きなお父さんを盗《と》られそうで怖かったんだ。
あたしの居場所がなくなりそうで怖かったんだ。

次の日、父とは話もせずに学校へ行った。
再婚なんて絶対にイヤ。
あたしのワガママ。わかってるけど……母親ができるのが怖い。
いつものように屋上にいると、錆びついた扉が開いた。
「いい加減サボりはやめろよ」
光輝だった。
「ごめん」
「なんかあった？」
光輝はあたしの頭を撫でながら、優しいテンポで訊く。

「うん」
あたしは昨日の出来事を全部話した。
話の合間、終始光輝はうなずいていた。
そして、すべてを話し終えると口を開いた。
「俺ん家、親父いねぇけどさ、今お袋が再婚するっつってもなにも言わねぇかも。子どもとしてはさ、やっぱり親に幸せになってほしいもんなんじゃねぇ？」
「あたし怖いの。お父さん盗られるのが」
光輝は空を見たあと、視線をあたしに移した。
「未来の気持ち、親父さんに言ったらいいんじゃねぇかな？　素直な気持ちをさ。俺はこれくらいしかできねぇけど、未来の味方だから」
そう言って、冷たいあたしの手をギュッと握ってくれた。
今日、お父さんにちゃんと話そう。そう思った。
その日、父と向き合うため早く帰宅した。
ちゃんと話せるかな。
ひどいことを言ってしまいそうで怖かった。
大丈夫だよね……？
自分に言い聞かせ、玄関を開ける。
玄関には赤いハイヒールがきれいにそろえられていた。
イヤな予感がする。
あたしはなにも言わずローファーをそろえ、恐る恐るリビングに向かった。
リビングからは父と女の人の楽しそうな声。

「ただいま」
父と向かい合わせに座っていた女の人が振り返った。
イヤな予感は的中した。
「未来、ずいぶん早かったな」
「別に」
あたしは素っ気なく答える。
「あなたが未来ちゃんね？　利行《としゆき》さんの言ってた通り可愛い子ね。私は春日《かすが》陽子《ようこ》っていうの。よろしくね」
その女の人はニッコリと微笑んだ。
屈託のない、まるで少女のような可愛らしい笑顔。
「未来にちゃんと紹介しようと思ってな。今お付き合いをしてる陽子さんだ」
父も陽子さんも、とても素敵な笑顔をしていた。
あたしの中の醜い部分が溢れ出す。
「それで結婚のことなんだが」
父がそう言った瞬間、あたしは低い声で言った。
「認めない。お母さんなんていらない！」
「なんてことを言うんだ！　陽子さんに謝りなさい！」
父が珍しく声を荒げた。
「利行さん、いいのよ。突然だもの、仕方ないわよ」
陽子さんが父をなだめる。
それさえもあたしには鬱陶《うっとう》しく思えた。
あたしはそのまま家を飛び出した。

あんたなんかいらない！
あんたなんか産まなきゃよかった。
そんな過去が、あたしの頭を支配する。
苦しい……。
また、あたしはいらなくなるの？
必要とされなくなるの？

公園のベンチに座り、鞄を抱えて泣いた。
行くあてなどない。
だれもいない公園には、冷たい風だけが吹いていた。

## 素直な気持ち

あたしは知らず知らずのうちに、光輝の家の前まで来ていた。
少しためらいながらインターホンを押した。
しばらくしてから光輝が顔を出した。
「未来、どうした？」
優しい彼の顔を見ていると、また涙が溢れ思いっきり抱きついた。
――トクトク……――
光輝の心臓の音が聞こえた。
「とりあえず、中入ろう？」
あたしは光輝に促され、家の中に足を踏み入れた。
「光輝～、お客さん？」
パタパタと、エプロン姿の光輝のお母さんが走って来た。
「こんばんは。あの、遅くにすみません」
あたしは頭を下げた。
「川瀬未来。俺の彼女」
光輝は照れながらも、そう紹介してくれた。
「未来ちゃんね。よろしく。光輝の母です」
そう言って、お母さんはニッコリ微笑んだ。
その笑顔は、なんだか少しやつれているようにも見えた。
「なんかこいつ、いろいろあるみたいだから、今日泊めてもいいかな？」
「ええ、いいわよ」
そう言ってお母さんはすぐに承諾してくれた。
「すみません」
あたしはもう一度深々と頭を下げた。
「いいのよ。うち女の子いないから、なんだかうれしいわ」
そう言って光輝のお母さんは微笑んだ。
そして光輝の家で夕飯をごちそうになり、お風呂も貸してもらった。
光輝のお母さんは、初対面のあたしにとてもよくしてくれた。
お風呂から上がり、光輝の部屋へ向かう。
ドアを開けるとウルトラマリンの香水の匂いがした。
「今日は本当にごめんね」
「いや」
そう言って光輝はベッドをポンポンと叩く。
あたしはベッドの中に入り、光輝に抱きついた。そして光輝の胸の中で思いっきり涙を流した。
光輝はただ優しく頭を撫でてくれていた。
なにも聞かず、彼の胸の中で眠りについたあたしの頭を、優しく優しく撫でてくれた。
「俺はなにがあっても未来の味方だから」
そう言って、朝までずっと抱きしめてくれた。
カーテンの隙間から朝日が入る。

眩しくて目を覚ますと隣には光輝がいた。
スースーと寝息をたてながら眠っていた。
しばらく見てると光輝が目を覚ました。
「……はよ」
「おはよう」
二人で迎える三回目の朝だった。
光輝は、父が心配しないように家に電話を入れていたらしい。
リビングに行き、光輝のお母さんに挨拶をして朝ご飯を頂いた。
光輝のお母さんは、あたしの分までお弁当を用意してくれていた。
本当にうれしかった。
お礼を言い、学校へ向かった。
学校へ着いたあたしは、父へ謝りのメールをした。
陽子さんとも話がしたくて、父に連絡先を訊き、陽子さんにもメールをした。
その日の放課後、喫茶店で会うことになった。
いつまでも過去にすがりつくのはやめよう。
あたしは父の幸せを願うことにした。
怖いけど、陽子さんと向き合い、あたしは笑顔で結婚を認めてあげよう。
そう思えたのは、光輝と光輝のお母さんのおかげかもしれない。

時間が過ぎるのはあっという間で、ついに放課後が来た。
「未来、一人で大丈夫か？　俺ついて行こうか？」
光輝が心配そうに訊く。
「大丈夫だよ。行って来るね」
そう言って、笑顔で校舎を後にした。
光輝に甘えてばかりじゃダメだ。強くならなきゃ。
陽子さんとの約束の場所はオシャレな喫茶店だった。
店内にはジャズが流れていて大人ばかり。制服姿のあたしは浮いていたに違いない。
携帯を開いては閉じるのを繰り返す。
「こんにちは」
そのとき後ろから、やわらかい声が聞こえた。
陽子さんだった。
オシャレなスーツに身を包み、キャリアウーマンといった言葉がよく似合う。そんな雰囲気を漂わせていた。
昨日会った可愛らしい印象とはまた違う。
「こんにちは。突然呼び出してすみません」
「いいのよ」
そう言いながら、あたしの向かい側に座った。
「すみません。あたしブレンドコーヒーで。未来ちゃんは？」
「あ……じゃあココアで」
あたしはコーヒーが飲めない。仕方なくココアを頼んだ。
そして沈黙が続く。

「お待たせ致しました。ブレンドコーヒーとココアになります」
店員は笑顔でココアとコーヒーと伝票を置き、カウンターへ戻って行った。
「飲みましょう」
陽子さんにそう言われ、ココアに口をつけた。
陽子さんは上品にコーヒーを飲んでいる。大人の女性……。なんだか少し憧《あこが》れてしまう。
あたしが話そうとすると彼女に遮られた。
「昨日はごめんなさい。突然お邪魔しちゃって。未来ちゃんがビックリするのも無理はないわ。未来ちゃんの気持ち考えなくて本当にごめんなさいね。でも私、今日はもっと未来ちゃんのことを知りたいし、未来ちゃんにあたしのことも知ってもらいたいの」
そう言った彼女の顔は、キャリアウーマンの顔から昨日見た可愛らしい顔になっていた。
胸がチクチク痛む。
「あたしこそ、陽子さんが思ってるような子じゃありません。今まで親不幸ばかりして父を悲しませました。援助交際をしたり、レイプされ自殺未遂もしました。そのたび父を苦しめました。だから……父には本当に幸せになってほしいんです」
「利行さんから話は聞いてたわ。でも利行さんは、未来ちゃんのこと親不幸な娘なんて思ってないわよ。いつも自慢の娘だって言ってたわ。そんな親バカなところに惹かれたのかもしれない」
陽子さんはゆっくりと語り出した。
「前の奥さんのことも聞いたわ。未来ちゃんつらかったでしょ？　こんな小さい体で全部背負って……。未来ちゃんが私のこと母親だと思えなくてもいいの。友だちみたいな関係になれたらうれしいな」
そう言って彼女は微笑んだ。
「ありがとうございます。父のこと幸せにしてあげてください」
「なに言ってるの？　未来ちゃんもみんなで幸せになるのよ？　家族ってそういうものでしょ？」
陽子さんはあたしの手を握り、強く言った。
なぜだか、とても優しく素直な気持ちになれた。
この人がお母さんだったら、あたしは幸せだったかな？
この人がお母さんだったら、愛は苦しまなくて済んだのかな……？
「あっ、まだ未来ちゃんに言ってなかったことがあるの」
陽子さんは、ばつが悪そうに言った。
「実は私、子どもがいるのよ」
「えっ???　妊娠してるんですか？」
あたしは思わず陽子さんのお腹を見た。
「違うわよ～、未来ちゃん面白いわね。未来ちゃんより少し年下の子よ」

あっ、そういうことか。
勘違いした自分が、やたら恥ずかしく思えた。
そのとき、セーラー服姿の小さい女の子がテーブルに近づいて来た。
あたしは心臓をわしづかみにされたような感覚に陥った。
その少女は、死んだ妹の愛にとてもよく似ていた。
「紹介するわね。私の娘のめぐよ」
愛にそっくりの少女は、大きい目をキョロキョロ動かして、あたしにお辞儀をした。
「めぐです。初めまして」
「愛……？」
あたしは思わず口にしていた。
愛が死んだことはわかってるのに。
目の前にいる少女は愛じゃないのに。
少女の目がさらに大きく開いた。
「あっ、ごめんなさい。死んだ妹にあまりにも似ていたので」
「利行さんも、めぐを見たとき同じことを言っていたわ。もしかしたら運命かもしれないわね」
そう言って陽子さんは上品に笑った。
少女はじーっとあたしを見ていた。
「めぐ？」
陽子さんが名前を呼ぶと、ハッと我に返ったようだった。
「ごめんなさい。お姉ちゃんなんかいないからうれしくて」

そう語る少女はとても可愛らしく見えた。
「めぐちゃん、よろしくね」
あたしは手を差し伸べた。めぐちゃんはゆっくりとあたしの手を握った。
そして微笑んだ。
しばらく陽子さんとめぐちゃんとあたしで談笑していた。
――ブーッ、ブーッ――
制服のポケットの中の携帯が震えた。
開くと光輝からだった。
＜迎えに行くよ＞
外を見ると、もう薄暗くなっていた。
「あたし、そろそろ帰りますね。今日はごちそうさまでした。楽しかったです」
「帰るの？　じゃあこれタクシー代」
そう言って陽子さんはあたしにお札を出した。
「いえ。大丈夫です」
「でも外は暗いわよ？　危ないからタクシーで帰りなさい」
陽子さんがそう言ったとき、店に光輝が入って来た。
「大丈夫です。僕が送りますから」
「光輝……」
「未来の彼氏の矢野光輝っていいます。未来のこと、よろしくお願いしますね」
そう言って光輝は頭を下げた。
「こちらこそ、未来ちゃんのこと、よろしくお願いしますね」
そう言って陽子さんは微笑んだ。
あたしたちは陽子さんとめぐちゃんに別れを告げ、店を出た。
「寒いぃ～店の中と全然違うよ～」
「当たり前だろ。乗れよ」
そう言われて、いつものように光輝の自転車の後ろに乗った。
冷たい風が頬に当たる。
あたしは光輝の背中に頬をくっつけた。
温もりが伝わってくる。
全然寒くないや。
心の中でつぶやいた。
途中公園で自転車を止め、二人でベンチに座って話し込んだ。
「めぐちゃんだっけ？　愛ちゃんに似てない？」
光輝も同じことを思っていた。
「あたしも初めビックリしたよ～」
「で？　未来はどうするか決めた？」
「うん。お父さんに幸せになってほしい。あたしももう一度家族を信じてみる」
そう言うと、光輝は優しくあたしの頭を撫でた。
そして、あたしの体を引き寄せキスした。
優しい優しいキス……。

「帰ろっか！」
光輝は照れ隠しにそう言って立ち上がった。
あたしは笑いながら自転車の後ろに乗った。
「送ってくれて、ありがとう」
「当然だろ。お姫様」
そう言って光輝は笑った。
「もう。バカにしてんの？」
「全然。じゃおやすみ」
そう言って、あたしの頬に口づけをした。
「おやすみ。気をつけてね」
光輝は自転車に乗りながら手を振り帰って行った。
あたしは光輝の姿が見えなくなってから家に入った。
「ただいま〜」
あたしが玄関を開けると父が飛んで来た。
「未来、お帰り」
明らかに挙動不審。
「陽子さん、いい人だったよ！　幸せにならなきゃ許さないからね」
あたしがそう言うと、父の目に涙が浮かんだ。
「未来、いいのか……？」
「愛にも報告しなくちゃね」
「愛は許してくれるかな、俺のこと」
「大丈夫だよ！」
正式に父と陽子さんの再婚が決まった。

その晩は父と二人で語り明かした。
あたしの小さいときのこと。今までのことをたくさん、たくさん……。

それからしばらくして陽子さんは父と再婚した。
陽子さんはあたしのお母さん。めぐはあたしの妹。
再婚同士なので籍を入れるだけだったが、父も陽子さんもとても幸せそうだった。
そして陽子さんとめぐが引っ越して来て、あたしたちは本当の家族になった。
広くて殺風景だった家が、いつの間にか笑いの絶えない空間となった。
「行ってきまーす」
あたしはいつものように朝食を済ませ、家を出ようとした。
「未来ちゃん、待って！　これ、口に合わないかもしれないけど」
陽子さんが手渡したのは可愛らしいキティちゃんのお弁当箱。あたしはそれを笑顔で受け取った。
「ありがとう、お母さん」
あたしは初めて陽子さんをお母さんと呼んだ。
陽子さんは少し笑いながら、
「行ってらっしゃい、未来」
そう言って送り出してくれた。

# 第3章　いのち

## 異変

「おはよう」
いつものように元気に教室に入る。
今日もまた空席……。
担任が出席をとる。
「欠席は矢野だけだな」
そう……光輝はしばらく学校を休んでいた。
連絡しても、お母さんが出て風邪だと言われる。
それが何日も続いたんだ。
光輝は元気かな……？
なにをしてるのかな？
そればかり考えてしまう。
授業中もずっと空席を見つめていた。
あたしは、こんなにも光輝を必要としていたんだ。

数日後、光輝が学校へ来た。
「未来、おはよ」
「おはよう。どうしたの？　なにかあったの？　体、大丈夫なの？」
あたしの質問攻めに光輝は静かに、
「一限サボろうか」
と答えた。

「わかった」
あたしたちは屋上へ上がる階段に腰を下ろした。
「屋上、行かないの？」
あたしがたずねる。
「だって天気よくないだろ」
光輝は八重歯を出し、笑って答えた。
「どうして休んでたの？」
あたしは単刀直入に質問した。
「ただの風邪だよ」
そう言って、ひどく苦しそうに光輝は咳《せ》き込む。
「大丈夫？　保健室行こうよ？」
光輝は首を横に振る。
「未来といると平気だから」
そう言って、あたしの膝に頭を載せた。
平気だと言うけど苦しそうなのは伝わってきた。
病院に行こうと言っても、光輝は、
「絶対行かない」
そう言い張った。
その日、光輝は早退した。
正確に言うと、あたしがそうさせた。
あんなに苦しむ姿を見てるのはつらかったから。
「未来、光輝大丈夫？」
授業へ戻ったあたしに声をかけてきたのは、さとみだった。
さとみと光輝は幼なじみだから、余計心配なんだろう。

「ん……大丈夫だよ」
あたしはなるべく笑顔で答えた。
そしてあたしの体にも異変が表れた。
さとみと二人でトイレに向かった。
「マジお腹痛いんだけどぉ～」
「生理？」
「そうなんだよねぇ～、超生理痛重いのぉ」
トイレにいたギャルの声が耳に入った。
そういえば、あたし生理来てない。
「未来！　未来！」
さとみの声で我に返る。
「ぼーっとしてどうしたの？」
「ちょっと相談があるんだけど」
あたしたちは場所を移動した。
もちろん屋上。
「で？　どうしたの？」
さとみはタバコを吸いながら、あたしにたずねる。
「生理来てない」
「本当？」
あたしは黙ってうなずいた。
「女の子の体はデリケートだから精神的なもので来なくなることもあるからさ。でも一応検査しよ？」
あたしはうなずいた。
そして放課後、初めて薬局で妊娠検査薬を買った。

その足でさとみの家に向かった。
さとみの家に着くとトイレを借り、妊娠検査薬を使った。
尿をかけ結果が出るまでの時間がすごく長く感じられた。
永遠とも思えるくらいに長く感じた。
恐る恐る検査薬を見る。
陽性。
妊娠してるかもしれない。
「未来、どうだった？」
さとみが緊張で少し顔をこわばらせながら訊く。
「陽性だった」
沈黙が続く。
「避妊してたのにな……」
あたしはゆっくりとつぶやいた。
「避妊してても妊娠する可能性はあるよ。コンドームだって100%避妊できるわけじゃないんだから……あたしが言うのもなんだけど」
さとみはあたしを諭すようにゆっくりと語りかける。
「光輝に話さなきゃダメだよ」
さとみはあたしの背中をさする。
このお腹の中に赤ちゃんがいるかもしれないんだ。
温かいようなそんな気持ちだった。
あたしはさとみに促され、光輝に電話をかけた。
２コールで光輝は出た。
「未来どうした？」

「ちょっと話があるの」
なにかを悟ったのか光輝は、
「今から行く」
そう言って電話を切った。
「大丈夫だよ。光輝だもん」
そう言ってさとみは笑った。
すぐに光輝はさとみの家に来た。そして家に上がった。
さとみは気を遣い、二人きりにさせてくれた。
「話って？」
心臓がバクバクする。
「あたし妊娠してるかもしれない」
そう言って検査薬を出した。
「陽性だった……」
光輝の顔を見るのが怖かった。
光輝の手が、ゆっくりとあたしのお腹に伸びた。
「ここに赤ちゃん、いるかもしれないんだよな？　明日病院へ行こう。もし妊娠してたら産んでほしい」
そう力強く言った。
「うん……」
あたしは光輝の胸に顔をうずめて涙した。
忘れられない。この日の出来事。
その夜はよく眠れなかった。
もし妊娠していたら親はなんて言うだろうか。
あたしは産んで育てられるだろうか。

不安が頭をよぎる。
けれど光輝の言葉を思い出しているうちに、安心して眠ることができた。

次の日は休日。
あたしはいつもより早く起きて支度をする。
「あら未来、今日は早いわね。光輝くんとデート？」
「いいなぁ」
お母さんとめぐがからかう。
でもあまり笑顔にはなれない。
これから行くのは産婦人科だから。
光輝が迎えに来たので、あたしは家を出た。
「未来、寝れた？」
「光輝は？」
「全然」
そう言って少し笑った。
隣町の産婦人科までバスで向かった。バスの中ではあたしも光輝も沈黙していた。
産婦人科に着き、受付を済ませ待合室の椅子《いす》に腰をかける。
周りはお腹の大きい女の人ばかり。中には小さい女の子を連れたお母さんもいた。
あたしは場違いなのかな。
「川瀬さん」
名前を呼ばれ診察室に入った。

事前に尿検査をしてある。そして問診、内診をされた。
膣《ちつ》の中に冷たい感覚が広がる。
検査の結果——。
「川瀬さん、妊娠してますよ」
妊娠……。
先生はエコー写真を手渡し丁寧に説明をしてくれた。
もうすぐ九週目に入ろうとしていた。
「どうするか決まってるの？」
「産みます！」
口が勝手に開いていた。
先生は微笑みながら、でも力強く言った。
「赤ちゃんを産むって簡単なことじゃないのよ。産んだあとも大変なの。あなたにそれができる？　まだ若いのに、いろんなこと我慢できる？」
「はい。できます」
あたしも力強く答えた。
「そう。若いのにしっかりした顔してるのね。あなたなら大丈夫そうだわ。でも、ちゃんと相手の方と両親にお話しするのよ？　それからまた来なさい」
先生は諭すようにあたしにそう告げた。あたしはお辞儀をして診察室を後にした。
「未来、どうだった？」
光輝は心配しながらあたしの顔を覗いた。少し沈黙が続いた。

「妊娠……してた」
そう言ってエコー写真を手渡した。
光輝は素早く受け取るとエコー写真に釘付《くぎづ》けになっていた。
目をキラキラ輝かせながら、まるで子どものように。白い八重歯を出しながら笑うんだ。
あたしは心の底から愛おしく思った。
愛おしい……あたしの大好きな人……。
光輝はしばらくしてエコー写真から手を離し、あたしに渡した。そしてゆっくりとお腹に手を当てる。
「ここに俺と未来の子どもがいるんだよな？　まだすげぇちっちぇえけど、ちゃんと生きてるんだよな。マジでうれしい」
そう言ってお腹を優しく撫でた。
そのときだった。
光輝が胸を押さえて倒れ込んだ。ゲホゲホと咳き込む声が聞こえる。
「ねぇ光輝！　しっかりして！　光輝！」
光輝は救急車で近くの病院へ搬送された。
救急車に乗ったのは初めてだった。
あたしはなにもできず、救急隊の人の処置を見ているだけ。
手を握ることもできなかった。
そのまま病院に着くと、光輝は処置室に運ばれて行った。
あたしは処置室の前で待ってることしかできない。
お願い……夢って言ってよ。

光輝、大丈夫だよね？
あんなに元気だったもん。大丈夫だよね……。
これは夢？　現実？
頭の中でいろんな思いが交錯する。
でも、胸を押さえ苦しそうに倒れ込んだ光輝の姿が脳裏に焼きつき離れない。
しばらくして光輝のお母さんが現れた。
「未来ちゃん、迷惑かけてごめんなさいね。驚いたでしょ？」
そのとき見た光輝のお母さんは、急いで来たのか仕事着のままで、やっぱり前よりやつれて見えた。
「あの。光輝はどこか悪いんですか？」
聞きたくない。でも聞かなくちゃいけないんだ。
光輝のお母さんはおもむろにお財布を取り出し、自動販売機に向かい、ジュースを二本買って、あたしに一本手渡した。
「少し落ち着きましょう」
あたしはリンゴジュースを受け取り、椅子に腰かけた。
――カチャ――
光輝のお母さんがジュースのプルタブを開ける音が、院内に鳴り響いた。
あたしには、それがやけに大きな音に聞こえた。
「未来ちゃん、よく聞いてね」
光輝のお母さんは目を細めながら話した。

「光輝は心臓病なの」
心臓病……。
心臓病って嘘でしょ？　嘘だよね……。
「嘘って顔してるわね」
光輝のお母さんは、あたしの顔を見て悟ったのかそう言った。
「あたしも嘘ならいいと何度も思ったわ。でもね真実なの。光輝は生まれつき心臓に疾患があってね。今年に入ってからさらに悪化して、もう移植をしなかったら長くないの」
長くない。
それは死を意味している。
「そのこと光輝は知っているんですか？」
あたしは震える声でたずねた。
「えぇ。あの子自身、長くないことは気づいてるわ」
光輝のお母さんは悲しい声でつぶやいた。
あたしはなにも知らなかった。
彼女なのに……大切な人のことなのに……。
今まで一緒にいて、なにも気づいてあげられなかった。
「ごめんなさい……。今日は帰ります」
光輝のお母さんにそう告げ病院を後にした。
光輝の顔をちゃんと見れない気がしたから。
なんで光輝なの……。
今一番幸せなときなのに。
光輝もあんなに笑顔だったのに……。

なんでなの……。なんで光輝が病気にならなきゃいけないの？

つらい思いをしなくちゃいけないの？

光輝はなにも悪くないのに……なにもしてないのに。

なんでなの？

あたしは、そんなことばかり考えながらフラフラの足で家路に就いた。

あたしはその日決意した。

両親に妊娠のことを話し認めてもらう。

あたしはこの命を無駄にはしたくない。

またお父さんを傷つけてしまうかもしれないけど。

この子の命にはかえられないから。

だから、すべて話すよ。

「お帰りなさい。未来ちゃん、早かったわね」

あいかわらずニコニコしているお母さん。

「なにかあったの？」

心配そうにあたしの顔を覗き込む。

「なんでもないよ。あのね、お父さんが帰って来たら話があるの。お母さんにも聞いてほしい」

「なにかわからないけど大事な話なのね。わかったわ。疲れたでしょ？　ゆっくり休みなさい」

お母さんにそう言われ、あたしは自室へ向かった。

めぐは出かけているのか家にはいなかった。

あたしは部屋に入ると、鞄を置きベッドの上に仰向《あおむ》けになった。
そしてエコー写真を見つめて、お腹を撫でる。
「認めてもらおうね。あなたのことはあたしが守るから」
お腹に向かって小さな声でつぶやいた。
「ただいま～」
めぐの可愛らしい声が聞こえる。
「お姉ちゃん、帰って来てるの？」
「シーッ。未来、疲れてるんだから寝かしてあげなさい」
そんな会話が聞こえてきた。
あたしの妊娠を知ったら父は……陽子さんは……めぐは……。
どんな反応をするのかな。
怒られるのは当然。殴られることも覚悟の上。
あたしの体は一人じゃない。
あたしには守るものがあるから。
６時を過ぎた頃、父が帰宅した。
あたしはゆっくりと階段を下りた。
そして、なにごともなかったかのように食事をとる。
父の顔が見れない。
何度もお母さんの視線を感じた。
ご飯を食べ終わり、お母さんが食器を下げる。
「お父さん、お母さん。話があるの」
「お小遣いの話か？　これ以上はやれんぞ」
父はそう言って笑っていた。

お母さんも椅子に座る。
「めぐ。めぐにも聞いてほしい」
あたしがそう言うと、めぐも椅子に座った。
「なんの話だ」
父の口調が強くなる。
やっぱり父の顔は見れない。
「あたし……妊娠してるの」
「嘘だろ、未来？」
父の顔は怖かった。
「嘘じゃない。今日産婦人科に行ったの」
あたしはエコー写真を出した。
――パンッ――
乾いた音が響いた。
頬に鈍痛を感じた。
「堕ろしなさい！　未来、わかってるのか？　お前はまだ高校生だぞ？　育てられるわけないじゃないか！」
「イヤ！　この子は絶対に産む！　命にかえても守らなきゃいけないの！」
また父の平手が飛んでくる。
あたしは目をつぶった。
いくら殴られても覚悟は変わらない。
「もういいじゃない」
父の手をお母さんが押さえていた。
「いいって、お前は未来が子どもを産んでもいいって言うのか!?」
「えぇ、未来なら大丈夫よ。だれよりも命の大切さをわかってるもの。そうでしょ？」
あたしは泣きながらうなずいた。
なぜか、めぐも泣いていた。
「今、何週目なんだ？」
父がぶっきらぼうに問いただした。
「九週目だって」
「そうか。この家も賑《にぎ》やかになるな。愛にも報告しないとな」
そう言って父は後ろを向いた。
きっと泣いているのだろう。
鼻水をすする音だけが静かに聞こえてきた。
「もう一つ言っておかなきゃならないことがあるの」
父の動きがピタリと止まった。
「お腹の子の父親……。光輝は病気なの……」
「未来、本当なの!?」
お母さんが大きく目を開けて、あたしにたずねる。
「うん……心臓病で今入院してる。長くないかもって……。生きるには移植が必要だって……」
あたしは涙と鼻水でグチャグチャになりながら言った。
お母さんの目からも涙がこぼれた。
お父さんも涙をこらえている。
めぐは、そんなあたしの背中を優しくさすってくれた。

「未来は……父親がいない子どもを産んで幸せにできるのか？」
父の声は震えていた。
言いたいことはわかる。
でもあたしは、まだその現実を受け入れられない。
「光輝は死なないよ！　絶対に死なない！」
「すまん……」
父は頭を下げた。
「今は立派な赤ちゃんを産むことだけ考えなさい。いいわね？」
お母さんが、涙で化粧の落ちた顔であたしに言った。
あたしは黙ってうなずいた。

その夜、夢を見たんだ。
太陽みたいにキラキラした笑顔の光輝が、八重歯を見せ笑ってる。
あたしが手を伸ばすのに届かない。
どんどん遠くなる。
でもあたしは追いかける。ひたすらに。
光輝、行かないで!!
そこで目が覚めた。

その日は学校。
あたしは学校へ行き、そのあと光輝のお見舞いに行こうと考えていた。
「おはよ」
「未来、屋上行こうか」
さとみが言った。
あたしはさとみと百合に連れられ、屋上へ上り扉を開いた。
あいかわらず、錆びついた音がした。
「よぉ！」
屋上には、なぜか渉と晴紀がいた。
「聞いたよ。光輝と未来のこと」
渉がつぶやいた。
「知ってたんだ……。そうなの……あたし妊娠してるの。光輝の子ども。産むことに決めた。両親とも話したの。だから……学校やめることになっちゃう」
みんな大して驚いてはいなかった。
「未来なら、そうすると思ってた」
さとみが言った。
「未来がいなくなるのは寂しいけど、毎日会いに行くし、ずっと友だちだからね」
百合が言う。
「あいつ川瀬じゃなきゃダメなんだ……。だから、ずっとそばにいてやってほしい」
渉が言う。
「元気な赤ちゃん産めよ」
晴紀がそう言った。

自然と涙が溢れて止まらなかった。
「みんな、ありがとう……」
みんなの気持ちが、とてもうれしかった。
こんなあたしに、みんなは中退してもずっとずっと友だちだって言ってくれた。
みんな、かけがえのない大切な人。
あたしはみんなに別れを告げ、学校を出た。
向かう先は光輝の入院している病院。

# ジレンマ

校舎から出ると風が冷たい。
あたしは両手を温めながらバスに乗り込んだ。
バスに乗り15分。
光輝のいる病院に到着した。
受付で光輝の病室を聞くときにドナーカードが目に入った。
あたしはそれを鞄に入れた。
そしてエレベーターに乗り、光輝のいる病室へ向かった。
いざ病室の前に立つと、なかなか勇気が出ない。
扉の向こうの光輝はどんな顔をしているのだろうか。
不安……。
あたしは深呼吸をしてから、ゆっくりと扉を開いた。
光輝は病室のベッドの上でスースー寝息をたてていた。
あたしは静かに椅子を取り出して横に座った。
ちょっと疲れた顔。
あまり眠れてないのか、どことなく顔色がよくなかった。
あたしはそっと光輝の手を握った。
そのときだった。
「未来……？」
ゆっくりと光輝が目を開いた。
「未来、ごめんな……」
小さな声でつぶやいた。

あたしは首を横に振る。
「病気のこと隠しててごめん……。今まで発作もあまり起きることなかったから大丈夫だと思ってたんだ。その半面いつ死んでもいいって思ってた。でも高校入ってお前に出会って、お前を好きになって、俺……もっと生きたいって思ったんだ。俺さ、絶対死なねぇから。お前と子ども守るから」
あたしの目から涙が流れた。
「泣くなよ」
光輝は優しくあたしを抱き寄せた。
「あたしね、昨日家族に妊娠してること話した。ちゃんと認めてもらったよ。学校はやめるけど、ちゃんと元気な赤ちゃん産むから心配しないで」
あたしがそう言うと、
「やっぱり俺はまだ死ねねぇな」
そう言って笑った。
あたしたちは病室でしばらく抱き合っていた。

どのくらいの時間がたったのか、わからない。
ずっとずっと抱き合っていたかった。
でも、時間はあっという間に過ぎる。
「あたし、もう帰るね」
そう言って光輝の体から自分の体を離した。
「もう帰っちゃうの？」

光輝は捨てられた子犬のような目であたしに訴える。
「また来るから、絶対」
そう言って指きりをして病室を後にした。
病室から出ると、なんとも言えない不安が、あたしに押し寄せてくる。
そのままの足で家路に就く。
家には鍵がかかっていてあたしはポケットから鍵を取り出し中に入った。
そして自分の部屋のベッドの上で声を押し殺して泣いた。
あたしには、なにもできないの？
光輝の役には立てないの？
なにもできない無力な自分に腹が立つ。
鞄の中から携帯を取り出そうとしたとき、一枚のカードが落ちた。
ドナーカード。
あたしにも、なにかできるかな？
光輝のためだけじゃなく苦しんでる多くの人のために。
あたしは決意した。
明日は最後の学校。
あたしの気持ちは偽善かもしれない。
偽善者。そう言われても構わない。
この気持ちだけは、みんなに伝えておきたかったんだ。

次の日、少し重い足取りで学校へ向かった。

いつもより少し早く着き、そして校舎を見渡す。
光輝やさとみ、百合たちと過ごした校舎。
その思いを胸に閉じ込め、あたしは自分の荷物を整理する。
時間がたち続々とクラスメートがやって来る。
会うのはたぶん最後。
でも伝えたいことがあるんだ。
あたしの口からちゃんと伝えたい。
一限目が始まる前、先生に頼んで時間をもらった。
みんな、あたしが学校をやめることを知らない。
「川瀬から話があるそうだ」
担任の一言で教室がざわつく。
あたしはゆっくり教壇に立った。
「みんなに話があります」
「なんだよ、川瀬〜」
「未来、真面目《まじめ》な顔しちゃってなんなの〜」
クラスメートの笑い声が聞こえる。
「あたしは今日で学校をやめます」
教室が静まり返った。
「川瀬、嘘だろ？」
クラスの男の子が言った。
「ううん。嘘じゃないんだ。あたし妊娠してるの。子どもを産むつもりです」
またクラスがざわつく。
「それと……光輝……。矢野くんのことです。彼は心臓病で入院してます」
「嘘……」
そんな声があちこちから聞こえる。
「心臓を移植しないと長くないかもしれません。みんなにお願いがあります。無理にとは言いません。光輝を助けるためとは言いません。ドナー登録をしてくれませんか？」
またクラスがざわつく。
クラスの中でも目立つギャル系の女の子が立ち上がった。
「死ななきゃ移植できないじゃん？　うちらに死ねって言ってるの？」
その子の一言が胸に突き刺さった。
確かにあたしはそう言ってるのかもしれない。
――ガタン――
立ち上がったのは、さとみだった。
「みんな登録しようよ？　もしさ、自分が死んだら、それでだれかが助かるかもしれないんだよ。だったら幸せなことじゃない？　あたしたちだって、明日も生きてるって保証はないわけだしさ。あたしは登録するよ。あたしが死んだら、あたしの体の一部がだれかに移植されてその人が助かってくれたら、すごくうれしい。死を無駄にしてほしくないもん」
さとみの一言で空気が変わった。
「じゃあ、あたしも」
「俺も」

という人が出てきた。
さとみはあたしにピースをした。
「献血とかもしようかな」
そんなふうに命について考えてくれる人もいてうれしかった。
あたしは偽善者かもしれないけど、それでもいい。
あなたを助けたい。
失っていい命なんてないんだ。
みんな必死に生きてるんだ。
あたしたちにできることをしよう。
「みんな本当にありがとう。本当にこのクラスにいれてよかった。みんなとともに過ごせてよかった……ありがとう」
あたしは最後のほうは涙でグチャグチャだった。
さとみや百合、そして何人かの女子が駆け寄って来た。
「未来、寂しいよ。未来がいない学校生活なんてイヤだ……」
「未来、やめないで」
「未来、また会えるよね？　赤ちゃん産んだら見せてね」
そんな言葉をかけてくれた。
「そろそろ行くね」
あたしがそう言ったとき、教室の後ろから声が聞こえた。
「待ってよ！」
声の主は早川さんだった。

「あたし、あんたにまだ言ってないことがある」
「なに？」
恐る恐るたずねた。
「あのときはごめん。あんなことして。許してくれなくてもいい。でも……謝りたくて」
早川さんの顔は涙で濡れていた。
「もういいよ。そんなに泣くくらい光輝のこと好きだったんだね。あたし絶対幸せにするから。早川さんも光輝以上の相手見つけて幸せになってね」
あたしがそう言うと、彼女はコクンとうなずいた。
「未来、元気な赤ちゃん産んでね。できたら……未来が許してくれたら会いたい。もう一度」
「うん。わかった」
あたしは泣きじゃくる早川さんの頭を軽く撫で、教室の扉の前に立った。
「みんな、ありがとう！」
「また会えるよね？　光輝と未来と赤ちゃんに」
早川さんがそう言った。
「うん。みんな、またいつか会おうね」
あたしは笑顔でそう言った。
そして、みんなにお辞儀をした。
長く長く……。ポタポタ床に涙の粒が落ちる。
あたし、この学校が、みんなが好きだったんだな。
あらためてそう認識した。

つらくなるので振り向かずに教室を後にした。
校舎を出て、また一礼をした。
「今までありがとうございました」
小さな声でつぶやき歩き出した。
冷たい風があたしの頬に当たり涙を乾かした。

## 雨の夜

あたしが学校をやめて一ヶ月。
ほぼ毎日のように光輝のお見舞いに行き、そしてさとみたちにもときどき会っていた。
光輝の病状は、良くも悪くも変わることはなかった。
そしてあたしが気がかりなこと。
まだ光輝のお母さんに妊娠の事実を伝えていないこと。
いつかはわかる。言わなきゃって思ってるけれど、ときどき病院で会う光輝のお母さんのやつれた顔を見ると、言い出せずにいた。
あたしは毎日、日記をつけることにした。
一冊は光輝へ。
もう一冊は、亡くなったあたしの最愛の妹の愛へ。

愛へ
今お姉ちゃんは新しい命への戸惑いと大切な人を失ってしまう怖さと闘ってるの。
お願い、愛。光輝を……彼を守って。
愛になにもしてあげられなかったあたしの言うことじゃないけど、あたしの最後のお願い……。
ねぇ、神様なんていないのかな？　愛はどう思う？

妊娠五ヶ月になり、あたしのお腹も少しずつ目立ってきた。
もう隠してはおけない。
雨の降る寒い夜だった。
自宅の電話がけたたましく鳴った。
「はい、川瀬です」
光輝のお母さんだった。
「未来ちゃん!?　光輝の容態が急変したの！　すぐに来て！」
あたしは電話を切ると、すぐさまコートを羽織り、財布だけ手にしてタクシーに乗った。
怖い……怖い……。
外は大雨。
タクシーの窓に雨粒が当たって大きな音を立てている。
光輝が無事でありますように。
病院に着いてお札を運転手に渡すと、お釣りを受け取るのも忘れて急いでタクシーから飛び出した。
近くにいた看護師に訊くと、光輝は集中治療室に入っているとのこと。
あたしは急いで集中治療室に向かった。
治療室の前には、光輝のお母さんが座り込んでいた。
「未来ちゃん……」
振り向いた顔は髪が乱れ、やつれきっていた。

「光輝は……？」
あたしは恐る恐るたずねた。
「もう大丈夫よ。風邪をこじらせただけだから大事には至らないってお医者様が言ってたわ」
「よかった……」
あたしは胸を撫で下ろした。
こんなときに言うべきことではないのはわかっていたけれど、どうしても言わなきゃならない気がしたんだ。
妊娠のことを。
「あの……お話があります」
「なにかしら？」
光輝のお母さんの顔は、さっきよりも大分落ち着いてきた。
あたしはゆっくりと深呼吸をした。
言わなきゃ……言わなきゃ……。
両手でお腹を押さえて言った。
「あたし……妊娠してるんです」
光輝のお母さんの顔色が変わった。
「冗談よね？　なにかの間違いよね？」
「本当です。あたし産みます。光輝も知ってます」
あたしがそう言うと、光輝のお母さんは低い声で言った。
「堕ろしなさい。今からでも遅くないわ」
あたしは一瞬、恐怖で固まった。そしてふと我に返った。
「イヤです！　あたしは産みます」
——パンッ——

静かな病院の廊下に乾いた音が鳴り響いた。
それと同時に、あたしの頬に鈍い痛みが伝わった。
「未来ちゃん……あなた私の気持ち考えたことある？　光輝はいつ死んでもおかしくないのよ。父親のいない子どもが幸せになれると思う？　あなたはいいかもしれない。でも私はつらいの！　あの子が死んでから、あの子にそっくりな子を見るのがつらいの！　あの子の子どもを見るのがつらいの！　お願い、わかってちょうだい……」
あたしはしばらく、なにも言えなかった。
「光輝は死にません！」
それだけ叫ぶと病院から飛び出した。
外は大粒の雨。あたしの目からも涙が流れた。
でもその涙は雨が流してくれた……跡形もなく。
びしょびしょのままタクシーに乗り家路に就いた。
「ちょっと、お姉ちゃん大丈夫!?　お母さん！　お姉ちゃんが」
めぐがあたしを見るなり、お母さんを呼んだ。
「未来、どうしたの!?」
お母さんは、あたしを見て驚いた。
あたしの姿は、雨と土でドロドロのびしょびしょ。
めぐがタオルを持って来て、あたしの体を拭く。
――パンッ――
あたしは本日二回目のビンタをくらった。
「未来！　あなた一人の体じゃないのよ！　わかってる

の？　流産でもしたら、どうするの!?　光輝くんも悲しむのよ！　もっと自分を大切にしなさい！」
頬がヒリヒリするのとお母さんの言葉に、涙が出た。
あたしは赤ちゃんみたいに声を張り上げて泣いた。
お母さんはあたしの体を優しく包んでくれた。
とてもとても温かかった。

# 第4章　しあわせ

## プロポーズ

光輝が意識を取り戻して元気だって聞いたとき、本当はすぐにでも会いに行きたかった。
――コンコン――
部屋の扉がノックされた。
入って来たのはお母さんだった。
「未来、ちょっといい？」
「うん」
あの雨の日、あたしがびしょ濡れで帰って来ても、お母さんはあたしを叱《しか》っただけで理由は訊かなかった。
「未来、なにがあったの？　最近元気ないでしょ？　あの日から気になってたの。今も泣きはらした目してるし。心配なの。話してちょうだい」
「光輝のお母さんに妊娠のこと言ったの……。堕ろせって反対されちゃった」
あたしは嗚咽混じりの声で話した。
お母さんは優しく背中をさすってくれている。
「未来はなにも心配しないで。私が明日、光輝くんのお母さんに話しに行くから」
お母さんは、そう言って微笑んだ。
「うん」
「だから未来はなにも心配しないで寝てなさい。お腹の子にもよくないでしょ？」
そう言ってお母さんはあたしのお腹を優しく撫でた。
あたしは眠りについた。
お母さんの言葉はうれしかった。
でもやっぱり不安を拭い去れなかった。
ねぇ、愛。お姉ちゃんどうしてもこの子を産みたいの。
その気持ちはワガママかな？
許してはもらえないのかな？

次の日、目を覚ますと両親は家にいなかった。
「お母さん？」
「お母さんなら病院に行ったよ」
めぐが部屋から顔を出した。
病院……。
思い出した。昨日、お母さんが光輝のお母さんに話しに行くって言ったことを。
「めぐっ、あたしも病院に行って来る！」
「うん。わかった。早く帰って来てね？」
めぐは少し寂しそうな顔であたしに言った。
身支度を整え、あたしはバスに乗り病院へ向かった。
今なにが起きてるのかなんて想像もできなかった。
あたしは黙ってバスの窓から外を眺める。
早く着かないかな。
なんだかすごく不安な気持ちになった。

病院の近くのバス停で降り、病院へ向かった。
風がやけに冷たく感じる。体の芯《しん》まで冷やすような、冷たい冷たい風。
病院に着くと呼吸を整えた。
そしてゆっくりと光輝の病室に向かった。
病室の近くになると、なにやら大きな声が聞こえてきた。
あたしは恐る恐る病室を覗いた。
「お願いします！　未来さんと結婚させてください！　自分の立場もわかってます！　でも好きなんです！　未来さんじゃないとダメなんです。母さんも未来との結婚を許してください！」
光輝がうちの両親と光輝のお母さんに土下座をしていた。
あたしはそれを見ると勝手に体が動いた。
「あたしからもお願いします！　光輝と結婚させてください」
プライドもなにもかも捨て土下座をした。
「未来やめろよ！」
光輝が止める。でもあたしは頭を上げなかった。
「もう……やめてちょうだい」
光輝のお母さんが言った。
「二人の気持ちはわかったわ。だからもうやめて。未来ちゃんもお腹の子によくないじゃない」
そう言って、光輝のお母さんは微笑んだ。
「ありがとうございます……」

あたしの頬を涙が伝った。
光輝のお母さんが病室から出て行くと、うちの両親も気を利かせてか、外に出て行った。
病室にはあたしと光輝の二人きり。
「未来、心配かけてごめんな」
光輝はそう言って、あたしを抱き寄せた。
「俺と結婚してください！　俺、未来といるとすごい幸せなんだ。今の俺じゃ未来になにもしてやれない。未来にとっては幸せじゃないかもしれない。でも俺はお前じゃないとダメなんだ」
光輝は真っすぐな目であたしに言った。
「あたしも光輝じゃないとイヤだよ。あたしを光輝のお嫁さんにしてください」
「それってOKってこと？」
あたしはうなずいた。
そして光輝はあたしから体を離し、唇に優しくキスをした。
——永遠に愛することを誓います——
あたしたちは抱き合いながらお互いの体温、鼓動を感じていた。
——愛してる——
何度、光輝は言ってくれただろう。
いつだってあたしのために必死で、今も頑張ってる。
次はあたしが頑張る番。
奇跡を起こしてみせる。

## 特別な日

光輝の誕生日が近づいてきたある日、あたしは家にさとみを呼んだ。
相談事は光輝の誕生日のこと。
「未来、元気にしてた？」
玄関に上がるなり笑顔で抱きつくさとみ。
なんだか高校に通っていたときのことを思い出した。
ほんの少し前のことなのに、かなり昔に思えてくる。
「さとみ、学校はどう？」
「ん〜、みんな受験とか就職で大変だよ。百合も就活中だし」
「そっかぁ」
そこはなんだかもう、あたしとはかけ離れた世界に感じられた。
「ところで未来、今日はどうしたの？」
さとみが話を切り出した。
「光輝の誕生日プレゼントのことなんだけど。なにあげたらいいかわかんなくて」
あたしはため息をついた。
「そんなの簡単じゃん。未来があげたいものあげればいいでしょ？　未来がくれるものだったら、なんでも光輝は喜ぶよ。それにもう結婚するんでしょ」

そう言って微笑みながら、あたしのお腹を指差した。
「けっこう目立ってきたね」
そう言って、さとみは優しく微笑んだ。
さとみが帰ったあと、あたしは一人で考えた。
光輝にあげるもの……。
悩んだ挙げ句、おそろいのシルバーリング、そして婚姻届を渡すことにした。
あたしからのプロポーズ。

光輝の誕生日が迫ってきたある日、兄夫婦が家を訪ねて来た。
「秀兄、久しぶり！」
「おぅ」
久しぶりの兄妹の再会。
「親父から話聞いたけど、結婚するんだって？」
「うん」
あたしは少し照れながら答えた。
「これ少ないけど結婚祝い」
そう言って兄はあたしに茶封筒を渡した。
中にはお金が入っていた。
「もらえないよ」
「なに言ってんだよ。素直に受け取れよ」
戸惑うあたしに希美さんが、
「受け取ってちょうだい」

優しくそう言った。
あたしは茶封筒を受け取った。
兄が一生懸命働いて稼いだお金。なんだかずっしりと重たく感じた。
「あとこれも。おめでとう」
そう言って、希美さんはきれいに包装された箱をあたしに手渡した。
「ありがとうございます」
「開けてみて」
希美さんは笑顔で言った。
あたしは包装紙を破らないよう、きれいに開けた。
中には白いベビー服が入っていた。
「これ……」
「元気な子、産んでね」
ポロポロとあたしの目から涙がこぼれた。
「お前、涙腺《るいせん》弱くなったんじゃねぇのか」
父がからかい、みんなが笑う。
あたしは優しい人たちばかりに囲まれていた。

次の日、あたしはジュエリーショップで安物だけどシルバーリングを買った。
リングにはMIKU KOUKIとお互いの名前を刻印してもらった。
そのあと役所に行き、婚姻届を受け取った。

一枚の紙なのに、すごく重みがある。
あたしはゆっくり家路に就いた。

そして光輝の誕生日当日。
あたしは鞄にプレゼントと婚姻届を入れて出かけた。
なぜか家には朝からだれもいない。
そんなことは気にも留めずに病院に向かった。
病室には、あたしの両親にめぐ、そして光輝のお母さん、さとみ、百合、渉、晴紀が勢ぞろいしていた。
「えっ!?　みんな、なんでいるの？」
「いいから、いいから」
そう言ってさとみと百合は強引にあたしを病室から連れ出した。
そして別室に無理やり入れられた。
「もうなんなの！」
あたしが怒り口調で問いかけると、目の前には布切れのかかったものがあった。
「ジャーン！」
そう言って百合は布を取った。
現れたのは純白のウエディングドレスだった。
あたしはその場に座り込んだ。
「なにこれ……？」
頭の中はパニック。
「百合とあたしと未来のお母さんとめぐちゃんで作ったの。

きれいでしょ」
さとみはそう言って、あたしの手を引きドレスの場所へ連れて行った。
「これ、あたしが着てもいいの？」
「ってか未来のために作ったんだけど」
さとみは笑った。
そしてあたしはドレスに着替えた。
サイズもぴったり。
メイクはさとみがしてくれた。
「未来、可愛い！　本当のお嫁さんみたい！」
百合が興奮しながら話す。
まさか、みんながあたしたちのためにいろいろ考えてくれてるなんて思わなかったんだ。
――コンコン――
ノックの音とともにめぐとお母さんが顔を出した。
「未来、似合ってるじゃない！」
「お姉ちゃん、素敵！」
あたしは軽くはにかんだ。
そしてドレスのまま光輝の病室をノックした。
「はい」
光輝の声が聞こえた。
緊張した面持ちで、ゆっくりと扉を開けた。
そこには、タキシードに身を包んだ光輝がいた。
髪形もバッチリと整えられていた。

「未来、似合ってる」
光輝のその一言で、あたしはまたはにかんだ。
「じゃあ結婚式始めまーす！」
そう言ったのは晴紀だった。
「いいから並べよ」
晴紀に促され、あたしたちは二人並んだ。
「え〜矢野光輝さんは生涯、川瀬未来さんを愛することを誓いますか？」
「誓います」
光輝は少し笑って答えた。
「川瀬未来さん、あなたは生涯、矢野光輝さんを愛することを誓いますか？」
「はい！　誓います！」
そしてあたしたちは指輪の交換をして、軽くキスを交わした。
晴紀の神父はめちゃくちゃだったけどうれしかった。
周りを見ると、幸せな日なのにみんなが泣いていた。
そして写真を撮った。
みんなで小さな結婚式の写真を……。

光輝……あのとき誓った愛は本物で、今も色褪《いろあ》せてなどいないよ。
写真もなにもかも、あたしの宝物。
あなたを生涯愛することを誓います。

この日、あたしは川瀬未来から矢野未来になった。
光輝と一緒に生きていく。
つらいことも悲しいことも楽しいこともうれしいことも全部二人で共有し、生まれてくる子どもと幸せになる。
二人でそう誓った。
泣きじゃくるあたしに光輝は、
「お前の前から急にいなくなったりしないから安心しろ」
そう言ってギュッと抱きしめてくれた。
痩せた光輝の体。
手には点滴の針の痕が痛々しく残っていた。

# ホワイトクリスマス

光輝の誕生日のあとにはクリスマスが来る。
「光輝、クリスマスなにが欲しい？」
あたしは病室で光輝にたずねた。
「なにって言われてもなぁ」
光輝は人差し指で鼻を掻く。
これは光輝が困ったときによくする癖。
「今、困ってるでしょ？」
あたしが問いただすと苦笑い。
「光輝、わかりやすい」
あたしがそう言うと首を傾《かし》げた。
「じゃあ未来に任せるよ！　未来のくれるものなら、なんでもうれしいから！」
光輝はそう言って笑った。
「了解！」
「楽しみにしてる」
その日はそれで帰宅した。
家に帰ってからは雑誌とにらめっこ。
あたしは学校から帰宅しためぐをつかまえた。
「クリスマスプレゼント、なにがいいと思う？」
「もうクリスマスだもんね。手編みのマフラーとかは？」
それもいいなと思ったけれど到底間に合うはずもない。

クリスマスは間近に迫っている。
あたしは頭を抱えた。
マフラーね……。
考えた結果、実用的なものをあげることにした。
病院でも使えるように膝掛けとパジャマにしよう。

次の日、さとみに頼み込み一緒に買い物に行くことになった。
「さむ〜い！」
うちに迎えに来たときに、さとみが発した第一声。
「おはよう。ごめんね、忙しいのに」
「ううん。外寒いよ」
よく見ると、さとみのピンク色の唇は少し紫色になっていた。
「ちょっと待ってて！」
あたしはマフラーを取り出し、さとみに渡した。
「寒いでしょ。巻きなよ」
さとみの目が輝く。
「未来サマサマだね」
「調子いいんだから」
そう言って笑った。
あたしはものすごく厚着をし、マフラーをグルグル巻きにし、手袋をして準備万端。
ブーツはヒールのないぺったんこのを履く。

さとみはというと、これでもか！ってくらいヒールの高いブーツ。
よく履けるなぁとつくづく思う。
外に出ると、冷たい風が吹きつける。
「寒い……」
あたしが体を震わせると、
「だから言ったでしょ」
と、さとみはなぜか得意気に言った。
店内に入ると、今まで震えていたのが嘘のように暖かかった。
「で、なに買うの？」
さとみがあたしに訊く。
「一応、膝掛けとパジャマ」
「OK！　じゃあ三階だ」
あたしたちはエスカレーターに乗って、三階の紳士服コーナーに行き、パジャマを選んだ。
パジャマだけでも種類がたくさんあって迷ってしまう。
悩んだ末に、黒のチェックのパジャマを買った。
そして赤い色は暖かいと聞くので、真っ赤な膝掛けを買った。
「光輝に真っ赤とか笑える！」
そう言い、さとみは終始爆笑していた。
確かに……。あたしも想像すると笑いがこみ上げてきた。
その後、さとみはゲームコーナーでUFOキャッチャーをやり、見事一回でプーさんをゲットした。
「これ光輝へのクリスマスプレゼントに渡しておいて」
そうさとみは言った。
それからお茶をして、あたしたちは家路に就いた。

数日後、クリスマスの日。
あたしはプレゼントを持って家を出た。
「行ってきます！」
「未来、気をつけてね！　道滑るから転ばないようにするのよ」
母に念を押され、あたしは元気よく家を出た。
いつものようにバスに乗り病院へ向かった。
「あら、未来ちゃん」
病院に着くと、光輝の担当の看護師が声をかけてきた。
「はい」
「今日はクリスマスだもんね。光輝くん、そわそわしてたわよ。未来まだ来ないの？って」
そう言って看護師はクスクス笑った。
自然と体が熱くなる。
「じゃあ仲よくね」
そう言って看護師は去っていった。
なんだか急に、光輝に会うのが恥ずかしくなってしまう。
病室の前まで行くと、光輝は車椅子に座って小さな男の子と話していた。

「光輝！」
あたしが声をかけると、光輝は笑顔で手を振った。
「こんにちは」
あたしは男の子に話しかけた。
「こんにちは」
男の子はペコリと頭を下げた。
その男の子は五歳で、病名は訊かなかったが入院していた。
「お兄ちゃんはいいな。お姉ちゃんが来てくれて。クリスマスなのに僕にはだれも来ないもん……」
胸が締めつけられた。
「メリークリスマス！」
あたしは鞄からあめ玉の入った瓶を出した。
「くれるの？」
男の子は目をまん丸にしてあたしに訊く。
「うん」
「お姉ちゃん、ありがとう。お姉ちゃんにもメリークリスマス」
そしてあたしにくれたのは折り紙で折った鶴《つる》だった。
「お兄ちゃんの病気が早くよくなりますように」
男の子はそう言ってあたしに渡した。
涙が流れそう……。
男の子が去ったあとも、あたしは折り紙の鶴を見つめていた。
「中に入ろう」

光輝が促した。
「うん」
光輝は車椅子からベッドに移動する。
あたしは花の水を取り換え、新しい花を入れた。
そしてリンゴの皮を剝《む》いていると、
「お前下手くそだな〜、皮剝いてるより身剝いてどうすんだ。食うとこないだろ」
「下手くそですみませんね。食べれなかったら食べなくていいよ」
あたしが拗ねると、光輝は笑いながら小さくなったリンゴを食べていた。
「ほとんど食べるとこねぇし」
文句を言いながらも黙々と食べてくれている。
光輝もあたしも素直じゃない。
「メリークリスマス！」
あたしは光輝に、きれいにラッピングされた箱を手渡した。
「ありがとう。開けていい？」
「うん」
光輝は箱を開けた。
「パジャマと膝掛けじゃん」
パジャマを手に取って喜んでくれた。
「俺、毎日着るね！」
「うれしいけど、洗濯はさせてよ」
そう言うと、光輝は八重歯を光らせて笑った。

「はい、膝掛けも」
あたしが手渡すと困った顔をしていた。
「これ赤だよね」
「うん」
あたしは極上の笑顔で言ってやった。
「俺が赤って顔かよ……これじゃ還暦だろ」
文句を言いながらも気に入ってくれたようだ。
「あと、これさとみから」
そう言ってプーさんを渡した。
「お礼言っておいて」
そう言って、光輝はうれしそうにプーさんを見つめていた。
「本当は一時帰宅できればよかったんだよな。ごめんな」
光輝はうつむきながら言った。
「こうして一緒にいれることが一番うれしい。家でも病院でも場所なんて関係なく光輝と一緒にいれたら、あたしはそれでいいんだから」
そう言って笑うと光輝は、
「そっか」
とつぶやいた。
そしてベッドの脇《わき》から小さな箱を取り出してあたしに渡した。
「未来、メリークリスマス」
箱を開けると、可愛いリンゴの形の指輪用のケースがあった。

ケースの中には、ゴールドにパールのついた指輪が入っていた。
「ありがとう……うれしい」
「安物だけどな。右手につけなよ」
そう言って、光輝はあたしの指に指輪をはめてくれた。
窓の外を見ると粉雪が降っていた。
「ホワイトクリスマスだな」
そう言って光輝は笑った。

あたしは光輝の手をギュッと握った。
ずっとずっと一緒だからね。
光輝……。

## 願い

クリスマスが終わると、すぐにお正月。
お正月は面会に行くことができない。
年越しは寂しく迎えた。
年を越してから、あたしの携帯が鳴った。
公衆電話からだ。
「もしもし？」
「俺。あけましておめでとう。今年もよろしく」
光輝からの電話。
「えっ、光輝？　今大丈夫なの？」
「抜け出してきた。未来の声聞きたくて」
電話越しにもドキドキが伝わる。
「あけましておめでとう。今年もよろしくね。今年は家族増えるんだよ」
あたしが言うと、
「会話聞こえてるかな？」
光輝がそう言うので、あたしは携帯をお腹に当てた。
そしてまた、あたしの耳に受話器を当てる。
「赤ちゃんになんて言ったの？」
「内緒。じゃあ、またかけるな」
電話は切れた。
大丈夫。寂しくない。

あたしはお腹を撫でた。

それからあたしは、めぐと初詣《はつもう》でに行った。
二人でお祈りをした。
光輝がよくなりますように……元気になりますように……。
必死に祈った。
絵馬には、

ずっと一緒にいれますように
　　　　　矢野光輝☆未来

と書いた。
そんな矢先だった。
夜、一本の電話が鳴った。
「あなた～電話に出て」
あたしとお母さんは食器を洗っていたので、お父さんが出た。
「すぐ行きます！」
なんだか様子がおかしい。
お父さんは電話を切ると、あたしに言った。
「未来、病院に行くぞ」
頭の中は真っ白だ。
「あなた、どういうこと？」

「光輝くんが意識不明だそうだ……」
父は唇を噛みしめていた。
あたしはぼーっとしたままコートを着せられ車に乗せられた。
車の中での父は無言だった。
病院に着くと、光輝は集中治療室に入れられていた。
ガラス越しでしか見られない光輝の姿……。
光輝のお母さんは、ただ泣いている。
あたしは泣いちゃいけない。
そう思った。

光輝、頑張って……目、覚ましてよ……。

本当はそばに行ってギュッと抱きしめたい。
キスしたい。
でも、できない……。
突然、意識が途切れた。
ここはどこ？
目を開けると白い天井が目に入った。
横には、さとみとお母さんとめぐ。
腕には点滴の針が刺さっていた。
「未来、大丈夫!?」
お母さんがあたしの顔を覗き込む。
その瞬間ハッと思い出した。

光輝は？　光輝は？　行かなくちゃ！
あたしはベッドから起き上がった。
「光輝のとこ、行かなくちゃ」
腕についていた点滴の針が邪魔で抜こうとしたとき、さとみの平手が飛んできた。
ビリビリと頬に痛みが走った。
「バカ！　自分の体もっと大切にしなさいよ！」
「光輝が死んじゃう……」
あたしは頭の中が真っ白になりながらつぶやいた。
「光輝はそんなやわな男じゃないよ！　死んだりなんか絶対しない！　二度とそんなこと言っちゃダメ！　未来はお腹の子の母親だよ！　しっかりして！」
さとみの言葉が胸に響いた。
「疲労がたまって倒れたのよ。ゆっくりしてなさい」
そう言って、お母さんとめぐは病室を後にした。
「未来、大丈夫だよ」
さとみはそう言いながら、あたしの髪を優しく撫でた。
あたしは病室に置いてあった光輝との写真を握りしめ、眠りについた。

あれから二日。
光輝は個室に戻ったが、目を覚まさなかった。
神様、お願いです。
あたしから大事な人を、また奪わないでください。

## 奇跡

あたしの心の中は絶望だった。
何度話しかけても、光輝は目を開けてくれない。
言葉を交わしてくれない。
どうして目覚めてくれないの？
あたしは回診に来た医師に詰め寄った。
「光輝は……旦那《だんな》は、いつ目を覚ましてくれるんですか!?」
「まだなんとも言えません。あとはご主人の生命力にかけるしかないでしょう」
「それでも医者なの!?　医者なら助けてよ！　光輝を助けてよ！」
あたしは狂ったように叫び続けた。
光輝のお母さんに止められた。
でも、こうでもしないと自分を抑えられなかったんだ。
あたしはそれから、ひたすら祈った。
祈ることしかできない。
光輝が目を覚ましてくれるように祈ったんだ。
あたしの祈りは通じた。

意識がなくなって四日後、奇跡が起こった。
あたしが疲れて椅子で眠っていると、いつの間にか毛布がかかっていた。

光輝を看《み》てくれている医師がかけてくれたものだった。
「あのっ！」
あたしは医師の背中に向かって叫んだ。
「ご主人、もう大丈夫だよ。さっき意識を取り戻したから。心配しないでゆっくり休みなさい」
そう言って医師は微笑んだ。
あたしはその場にへたり込んだ。
「君が奇跡を起こしたのかもね」
そう笑い、医師は去って行った。
あたしは急に体の力が抜けた。
あたしと光輝のお母さんは病室に入った。
さらにやつれた光輝。でも必死に闘ってるんだ。
あたしは傍らでギュッと光輝の手を握り、そのまま眠りについた。

朝目覚めると、光輝のお母さんが横にいた。
「光輝は私が看てるから、未来ちゃんは家で休んでなさい。また連絡するから」
「でも……」
あたしはためらった。
片時も離れたくなかった。
目が覚めるまで手を握っていたかった。
そんなあたしに光輝のお母さんは言った。
「光輝なら大丈夫よ。未来ちゃんが言ったんでしょ？　光輝は死なないって。あなたが今それを信じなくてどうするの？　それにあなた一人の体じゃないのよ。未来ちゃんになにかあったら、私は光輝に合わせる顔がないわ」
あたしはそれを聞いて胸が痛くなった。
「では光輝をお願いします」
そう挨拶をして病室を出た。
病院から家に電話をし、母が迎えに来てくれることになった。
あたしは一息つきトイレに向かった。
トイレの鏡で自分の顔を見た。
青白く、目の下にはクマができていた。
ため息をつきトイレから出ようとしたとき、激しい腹痛に襲われた。
痛い……痛い……。
あたしはその場に倒れ込んだ。
激しい痛みの中で見たのは、幼い頃の家族の夢。
ピクニックに行ったときの夢。
河原で兄とあたしと妹の愛が、水を掛け合って楽しんでいる。
温かい……温かい……。
そんな感覚に陥った。
愛……ごめんね。
愛……もう一度会いたい。
そこであたしの目が覚めた。

目を開けると、お母さんと光輝のお母さん、そしてさとみがいた。さとみは制服姿。
「未来！」
さとみがあたしに抱きついてきた。
「苦しいよ……」
「未来のバカ！　あれほど体大事にしろって言ったじゃない！　流産しそうだったんだよ！」
そう言われて血の気がひいた。
そしてお腹に手を当てた。
まだいる。赤ちゃんがいる。
「切迫流産しそうだったのよ。無理するからよ。二〜三日は危険だから入院しなさいって、先生が言ってたわよ」
お母さんが言った。
もしかしたら愛が助けてくれたのかもしれない。
あたしはそう思った。
「入院か……」
お腹を撫でながらそっとつぶやいた。
お腹は前より一層大きくなっていた。
男の子か女の子かは訊かないことにしている。
それは光輝との約束だから。
入院しても光輝のことばかり考えてしまう。
あなたはどんな夢を見ているの？
あたしはまだ痛みの少し残る体を引きずりながら、光輝の病室へ入った。

「ねぇ光輝、なんの夢見ているの？」
話しかけても答えはない。
でも体は温かい。生きているんだ。
ちゃんと生きているんだ。
鼻から入っている管。点滴の痣《あざ》だらけの腕。
すべてが痛々しかった。

あたしは三日間の入院のあと、退院した。
光輝のお母さんからは絶対安静命令が出た。
もちろん主治医の先生からも。
自分の体……今はあたしだけの体じゃないんだから守っていかなきゃ。
そう決意した。

ねぇ光輝、目開けて？

退院してからはさとみや百合、渉や晴紀、いつものメンバーが家に来てくれた。
あたしは、みんなの顔を見るたび少しだけホッとする。
温かい気持ちになれるんだ。
久しぶりに会った晴紀と渉は、あたしのお腹の大きさに驚いていた。
みんなそれぞれの道を歩き出している。
さとみは看護学校への進学が決まり、百合は旅館へ就職内定。渉は車の整備会社。
晴紀はお父さんのいる名古屋《なごや》でやりたいことを探すらしい。
あたしの夢は、元気な赤ちゃんを産んで、光輝と温かい家庭を作ること。
赤ちゃんはあたしのお腹を蹴《け》る。
元気いっぱいだよ。
だから光輝も早く目を覚まして？

あたしは毎日、病院に通い続けた。
その日もいつものように病室でうたた寝をしていた。
暖かい光が窓から差し込む。
光輝がこっちを見て笑っていた。
大好きな八重歯を出しながら、太陽のようなキラキラした笑顔で。
これは夢？
あたしは夢を見てるの？
幻にしてはあまりにもリアルすぎた。
「未来……」
あたしの名前を呼んだ。
「光輝……？」
「未来？」
夢じゃなかった。
あたしは光輝を抱きしめた。
温かい……温かい……。

幻でもなんでもない。
光輝が目を覚ましたんだ。
あたしはすぐにナースコールを押した。
光輝はずっとあたしの髪を撫でてくれていた。
あの大きな手で。
すぐに医師と看護師が駆けつけてくれた。
「本当に奇跡が起きたね」
医師は優しくあたしに告げた。
涙と鼻水でグシャグシャのあたしに、看護師はティッシュをくれた。
そして光輝の点滴を付け替えると病室を後にした。
「未来ごめんな……」
光輝がつぶやいた。
「俺……心配ばっかりかけて。未来とお腹の子にも……」
そう言って弱々しくお腹を撫でた。
「光輝がいてくれるだけでいいから」
あたしは精いっぱいの笑顔で微笑んだ。
あたしと光輝、そしてお腹の赤ちゃんと三人で暮らす未来に思いをはせながら……。

## 宣告

次の日、光輝はいろんな検査で慌ただしかった。
「俺もう元気なのになぁ」
そう言って唇を尖らせ検査に向かう後ろ姿を見送った。
検査が終わると、あたしと光輝のお母さんは医師に呼ばれた。
なんで呼ばれたのか。
いい知らせか悪い知らせか、二つに一つしかない。
そんなあたしたちに医師は淡々と告げた。
「検査の結果、矢野さんの心臓はもう限界が来てます。持ってあと三ヶ月でしょう。その前にまた発作や合併症が起きると命の保証はできません」
三ヶ月……三ヶ月……。
頭の中で数字だけがグルグル回る。
隣にいる光輝のお母さんはハンカチで顔を覆っている。
あたしは現実を受け止められずにいた。
どうして光輝なんだろう？
三ヶ月……あと三ヶ月……。
あたしは一人になり、声を押し殺して泣いた。
そして心の中で誓った。
光輝の奇跡をまた信じてみよう。
そしてこのことは光輝には告げず、光輝の前だけではいつも笑顔でいようと決めたんだ。
毎日お見舞いに行くたび、あたしは笑顔を見せた。
そして家に帰ると声を押し殺して泣いた。
隠すつもりだったのに、彼には通じなかった。
いつものようにお見舞いに行くと、不意に光輝がつぶやいた。
「俺、長くねぇんだろ」
時間が止まる。
んなわけないじゃん。
その言葉が出てこない。
「図星だろ」
光輝はあたしの目を見て、なにかを覚悟したような顔をした。
「言えよ。隠されるのはイヤなんだ。お前にだけは」
小さな声でつぶやいた。
胸がチクチクする。
「光輝、あと持って三ヶ月だって。その前に発作が起きると命の保証はないって……」
あたしは必死に涙をこらえた。
「そっか……三ヶ月か……」
そう言って光輝は、あたしのお腹に手を伸ばした。
「子どもの顔見てから死にてぇな……」
胸が締めつけられた。
「そんなこと言わないで。生きてよ」

「うん……わかってる。ずっと一緒にいるって約束したもんな」
光輝は無理に笑った。
あたしをつかんだ手が震えていた。
光輝の涙があたしの手に落ちた。
「俺、死にたくねぇよ……死にたくねぇよ……」
あたしは、そんな光輝を抱きしめることしかできなかった。
あまりにも無力すぎた。
「俺……お前と子どもと三人で幸せな家庭つくりたい。ずっとずっと未来のそばにいたい……」
あたしは泣きながらうなずいた。
そのとき、お腹が動いた。
「光輝！　赤ちゃん動いたよ」
そっとお腹に手を当てた。
「ほんとだ」
光輝もつぶやいた。
「俺のこと励ましてくれてるのかな」
光輝は小さくつぶやいた。

あたしたちに時間はない。
一日一日がとても速く感じられる。
あたしは光輝に会いに、できるだけ病院に通い続けた。
それしか今のあたしにはできないから。
「未来……幸せって、なんだと思う？」

ある日、ふと光輝がつぶやいた。
「俺さ、思うんだ。幸せって言葉に出すことは簡単だけど、すげぇ重い言葉だよな」
光輝の視線は窓の外に向けられていた。
「幸せって一言では表せないな……でもあたしは今まで生きてきて、たくさんつらいこともあったし楽しいこともあった。今こうして光輝の隣にいると、とても温かい。うまく言えないけど、あたしは幸せだと思う」
そっと光輝の手を握った。
「未来の手、温かいな……」
光輝の痩せてしまってゴツゴツした手の感覚がやけにリアルだった。
痛いくらいに……。
でも、あたしは絶対に泣かない。
一番つらいのはあたしではない。
毎日死と隣り合わせにいる光輝だから。
「幸せだな……」
小さく光輝はつぶやいた。
面会だって毎日できるわけではなかった。
調子が悪いときは、もちろん面会謝絶。
ただ病室のドアの前で立ち尽くすしかない。
正直言うと、毎日が怖くてたまらなかった。
顔を見ることができないのは一番不安でたまらない。
「未来ちゃん、大丈夫だから。ねっ？　未来ちゃんが体調でも壊したら光輝くんが心配するよ」
看護師に何度言われたことだろう。
あたしは毎日考える。
まだ18歳の光輝が、なにを思って一日一日を過ごしているのだろうと……。
絶対大丈夫。光輝なら大丈夫。
そう言いきれない自分がとても悔しかった。
でも不安なのは、あたしだけではない。
光輝のお母さんはもちろんのこと、さとみ、百合、渉、そして晴紀だって同じ気持ちだと思う。

面会ができるようになり、また光輝のもとへ向かう。
「未来、ごめんな。心配かけて」
痩せた手を伸ばし、あたしに触れる。
「ううん。体大丈夫？」
あたしが訊くと、光輝の顔に笑顔が戻る。
「俺さ、ずっと未来のこと考えてた。生まれてくる子どものこと。こんな父親で大丈夫かなとか、いろいろ不安もあるけどな……早く会いたい」
涙がこぼれそうになるのを必死でこらえた。
「きっと大丈夫だよ。光輝はあたしの光だよ」
あたしがそう言うと、光輝は恥ずかしそうに、ゆっくり微笑んだ。
「俺たちに未来はあるよな？」

「うん。きっと明るい未来だよ」
あたしは光輝の手を握った。

あれは三月の終わりのことだった。
「なあ未来……」
いつものようにお見舞いに行ったときに光輝が話し出した。
「俺たちの子どもが生まれたらさ……一緒に水族館行って、動物園行って、遊園地行って……夏にはさ、海に連れて行って、夏祭りも一緒に行って……三人で花火するんだ。未来としたように……線香花火に火つけて三人で願い事するんだ……」
途切れ途切れに話す。
「それでさ、小学生とかになったら参観日に行ってさ……運動会とか学芸会……たくさん俺が写真を撮る。女の子だったら中学生になったら彼氏とか連れて来るんだろうな……こういうとき、女の子だとつらいよな……」
ちょっと笑ってみせる。
カメラが、写真が大好きだった光輝は、入院してから一度もカメラを手にしていない。
「心配性だなぁ」
あたしは光輝のやわらかい髪を撫でた。
「そう考えてると毎日が楽しいんだ。つらいことなんてなに一つないくらい」
光輝の一言一言を、あたしは胸に刻み込んだ。

季節は当たり前のように移り変わる。
冬から春へ。
雪が解け、草木が茂り、桜が咲き乱れる。

光輝は宣告された三ヶ月を過ぎても、あたしの隣にいた。
変わらない優しさと笑顔で、あたしを包んでくれた。

あたしたちに未来はある。
きっと明るい未来がある。
ずっとずっとあたしは光輝の隣にいて、光輝もずっとずっとあたしの隣にいる。
そして新しい家族が誕生し、三人でずっとずっと一緒にいられる。
あたしの描いた未来予想図だった。

# 最終章　ひかり

## 誕生

あたしの出産予定日がどんどん近づいてくる。
お腹も、歩くのが困難なほど大きくなっている。
出産……。
不安はたくさんあった。
初めての出産。そして新しい命の誕生。
戸惑いを隠せない。
「これさ、未来持ってろよ」
光輝があたしに手渡したのは、安産祈願のお守りだった。
「心配するな。絶対大丈夫だから。俺がついてるからな」
そう言って、あたしの手をキツく握って笑った。
あたしは、あなたの笑顔に何度も何度も励まされていた。

朝、いつものように光輝のお見舞いに行こうと準備をしていたときだった。
お腹に痛みが走った。
「痛いっ……」
あたしはその場にうずくまった。
「未来、大丈夫？」
お母さんは腰の辺りをさすってくれている。
「陣痛が始まったみたいね。今、病院行くからね。頑張るのよ」

ものすごく痛い。
痛いと思えば、また痛みが和らぐ。
これが陣痛か……。
あたしは痛みと格闘していた。
母の車で病院に着くと、すぐ分娩室《ぶんべんしつ》に入った。
子宮口は開いているけれど、なかなか出てきてはくれない。
体は汗だく。
「痛いよ……痛い」
あたしは、そればかりうわ言のように言ってたと思う。
「もう少しでお母さんになるんでしょ！　しっかりしなさい！」
あたしは助産師に怒られた。
「力んで！　力んで！」
あたしは精いっぱい力を入れる。
「頭出てきたわよ！　頑張って！」
「ん〜!!!」
必死に力を入れた。
どのくらいたったろう。
「オギャーッ！」
元気な産声が聞こえた。
「矢野さん、元気な女の子ですよ」
助産師が見せてくれたのは、小さいお猿さんみたいな可愛い赤ちゃん。
今生まれたばかりの大切な命。

うれしくて涙が溢れた。
あたしと光輝との大切な大切な一つの命が今、この世に誕生した。
その小さな命はキラキラと輝いていた。
赤ちゃんは女の子で3200ｇ。
出産の痛みなど忘れてしまうほどうれしかった。
生まれてきてくれて、ありがとう。
出産後、病室に移されてからもなんだか落ち着かない。
「未来どうしたの？」
お母さんがたずねる。
「赤ちゃんに会いたくて」
「もうすっかり母親の顔ね」
お母さんはそう言ってクスクス笑った。
父は反対にムスッとしている。
「あなた、未来の出産に立ち会えなかったからって、いつまで拗ねてるのよ」
お母さんが呆れて言った。
「名前はもう考えたの？」
「うん。秘密」
「未来、出産おめでとう」
そこへ光輝が、車椅子であたしの病室を訪ねて来てくれた。
二人で一緒に新生児室の赤ちゃんを見に行った。
「目は俺似だな」
光輝はうれしそうに言った。

「名前決まったの？」
「ちょっと迷ってるんだ」
「なんだよ〜」
「決まったら教えてあげる」
あたしはそう言って微笑んだ。

次の日、病室を訪れたのは、さとみと百合と渉と晴紀だった。
「未来、出産おめでとう」
花束と可愛いベビー服をもらった。
「未来、俺ら光輝のとこ行って来んな」
そう言って晴紀と渉は病室から出て行った。
「ねえ出産痛かった？」
話を切り出したのは百合。
「もう痛いなんてもんじゃないよ！　死ぬかと思った！」
「えぇ……怖いなぁ」
「あのね、未来に報告」
さとみが言い出した。
「あたし……渉と付き合い始めたの」
真っ赤な顔をして言った。
「よかったじゃん！」
あたしとさとみは抱き合った。お互いの幸せを喜び合った。
赤ちゃんが生まれた次の日も、光輝は車椅子に乗り、あたしに会いに来てくれた。

とてもいい笑顔で。
「なぁ未来、本当にありがとな」
光輝は何度も同じ言葉をつぶやいた。
「うん……」
それしかあたしは言えなくて、そんなあたしを見て、
「今から赤ちゃん見に行こうか」
そう光輝は笑顔で言った。
笑ったとき、あいかわらず口元から白い八重歯がこぼれていた。
「うん行こう」
あたしたちは病院の廊下をゆっくりと歩き出した。
廊下は薄暗くひんやりしていて、冷たいような寂しいような雰囲気を漂わせていた。
廊下を歩くあたしは話す言葉が見つからず、ただうつむくばかり。
いくら光輝が近くにいたって笑ってたって、心の中は不安でいっぱい。
――どうか、一分でも一秒でも構いません。
彼を……光輝をあたしのそばにいさせてください――
新生児室に二人で入り、赤ちゃんを見つめた。
「可愛いな。本当に」
光輝は何度も独り言のようにつぶやいていた。
「赤ちゃんって不思議だよな。こんなに小さくても、ちゃんと呼吸してる。生きてるんだな」

そう言った光輝の目にはキラリと涙が光っていた。
ズキズキと胸が痛む。
不安でたまらなくなる。
胸が張り裂けそうな感覚に陥り、キツく目を閉じた。
光輝はまだあたしのそばにいるよね？　大丈夫だよね？
涙が出そうになるのをこらえ、光輝の手を握った。
キツく、キツく。
その手はとても温かかった。

――ママはもっと強くなるからね――

心の中でそうつぶやいた。

## 煌き

次の日、光輝の体調は悪化した。
ちょうど桜の花びらが散るところだった。
朝から咳き込み、
「胸が苦しい……」
「息ができない……」
そう言って、ギュッとパジャマの襟元を握っていた。
「光輝？　ねえ、大丈夫？」
あたしの問いかけにも答えられない。
「ハァハァ……」
苦しそうな息づかいに、あたしは慌ててナースコールを押した。
「どうしました？」
看護師の声が聞こえる。
「早く来てください！　光輝が！　早く！」
「今行きます！」
お願い、早く来て……。だれか助けて……。
目頭が熱くなり、涙がこぼれ落ちそうになる。
――泣くもんか――
――泣いてどうする。強くなれ――
自分に言い聞かせ涙をこらえた。
苦しそうな光輝の手をキツく握った。

頑張って……頑張って……。
そのとき医師と看護師が駆けつけてくれた。
「どうしたの？　大丈夫？」
こらえていたはずの涙が一気に流れ出た。
あたしは床にへなへなと座り込み、治療が行われているところをずっと眺めていた。
ほかにも医師と看護師が数人駆けつけて光輝の治療をしていた。一人の看護師があたしに近づいてきた。
「奥さん、しっかりして！　ご主人、今、集中治療室に運びます」
集中治療室……。
イヤだ……イヤ……。
「お願いします！　助けて、光輝を助けてください！」
ボロボロ涙をこぼしながら看護師に訴えた。
「しっかりして！　大丈夫！　あなた光輝くんの妻である前に母親なのよ！」
看護師に叱責《しっせき》され、我に返った。
あたしは母親だ。しっかりしなきゃいけない。
「旦那を頼みます……」
看護師に頭を下げた。
光輝は集中治療室へと運ばれて行った。
あたしは、ただ祈ることしかできない。
病院側から連絡が行き、光輝のお母さん、そしてあたしの両親、さとみ、百合、渉、晴紀が駆けつけてくれた。

みんな無言で廊下にあるソファーに座る。
小さな物音一つ一つが、やけに耳に残る。
みんな願ってることはきっと同じ。
「未来、ちょっといい？」
晴紀があたしに声をかけた。
「うん」
晴紀に連れられ、その場から移動した。話を切り出したのは晴紀のほうだった。
「お前さ、大丈夫か？」
「なにが？」
少し強がってみせた。
ううん……きっと強がりでも言わなきゃ、すべてが崩れてしまいそうな気がした。
「俺さ、光輝に未来が好きだって言ったんだ。そしたらアイツさ、自分にもしものことがあったら、未来をよろしくって言ったんだ」
晴紀がそう言ったときには、平手で晴紀の頬をぶっていた。
「ふざけないで！　もしものことなんてない！　絶対ない！」
「わりぃ……」
そう言った晴紀の目は赤くなっていた。
あたしはトイレに駆け込み嗚咽を漏らし続けた。
トイレにこもっていた時間が長かったのか、みんながいた廊下に戻ると光輝のお母さんとあたしの両親しかいなかった。

晴紀をぶった右手がジンジン痛む。
「未来ちゃん、大丈夫？」
光輝のお母さんが声をかけてくれた。
あたしは無言でうなずいた。
病室に戻る前に赤ちゃんの顔を見に行った。
なにも知らない赤ちゃんはスヤスヤと眠っていた。
「パパを助けて……」
あたしは小さな声でつぶやいた。
そして夜が明ける。
当たり前のように朝は来る。
朝になっても光輝の体調は、まったくと言っていいほど回復しない。
咳き込む声がとても痛々しい。
あたしの手に握られたあたしたち二人の写真はグシャグシャになっていた。

別れはいつも突然。
わかってたはずなのに。
覚悟してたはずなのに。

雨がしとしと降る肌寒い夜、あたしと光輝のお母さんは医師に呼ばれた。
イヤな予感はしていた。
でも信じられない。信じたくない気持ちのほうが強い。

医師に連れられ光輝のもとへ向かった。
口元には酸素マスク。手には点滴の針。
顔は青白い。
医師が光輝に付けられた酸素マスクを外した。
「言葉を……かけてあげてください」
医師はうつむきながら、あたしに言った。
あたしは光輝のベッドに近づき手を握った。
「光輝！　未来だよ！」
「未来……約束守れなくて……ごめん」
かすれた声が聞こえる。
「俺、未来と出会えてよかった……最高に幸せだった……
ずっとずっと愛してるからな……ずっとずっと……」
これが彼の最期の言葉だった。
ずっとずっと……のあと、なにを言おうとしてたのか、
あたしにもわからない。
「光輝！　目開けて！」
ピーッという機械音が響き渡る。
医師はペンライトのようなものを出して、光輝の目を開け
光を当てて確認していた。
そして時計を見た。
「22時35分……ご臨終です」
あたしは光輝に触れた。
温かい……。
「先生……ちゃんと光輝を見てよ……。まだ温かいよ？

ねぇ！　嘘だよ！　元気だったよ光輝！」
あたしは医師に詰め寄った。
「ねえ、光輝。大丈夫だって、助かるって言ったじゃない！嘘つき！」
看護師にも詰め寄った。
「未来ちゃん、もういいの。もういいのよ……。泣いていいのよ」
光輝のお母さんのその言葉で、あたしは床に座り込み激しく泣きじゃくった。
涙はとめどなく溢れて止まらない。
静かな病室に、あたしの泣き声が響き渡った。
看護師がやって来た。
「奥さん……ご主人をきれいにしてあげてください」
そう言って、あたしにタオルとお湯を渡した。
「奥さんがされたほうが、ご主人は喜ばれると思います」
看護師が出ていったあと、光輝の体をゆっくりと拭いた。
手が小刻みに震え、涙が止まらない。
「光輝……つらかったよね……苦しかったよね……」
光輝は固く目をつぶったままだった。
「起きてよ、光輝……あたしたちの赤ちゃんも待ってるよ」
当然、返事はない。それでも光輝の名前を呼んだ。
泣きながら声がかれるまで呼び続けた。

## 灯火

新しい生命が誕生した中で一つの命が失われた。
当然だけど、その命はあたしにはとても大きいもので……。
大きいなんて表現じゃ足りないくらいだった。
あたしの心そのものだった。

光輝の葬儀の日——。
悲しんで泣いている暇なんてなかった。
光輝をちゃんと送り出してあげなきゃならない。
光輝に心配はかけない。
あたしは一人じゃない。
たくさんの人が来てくれている中、遺影は笑っていた。
海であたしと撮ったときの写真が一番いい笑顔だったので、遺影にしてもらった。
光輝との最後の挨拶。
棺桶《かんおけ》の中の光輝はとても冷たかった。
菊の花に囲まれ、まるで眠っているだけのように見える。
「疲れたよね。いっぱいいっぱい頑張ったもんね。離れてもずっと一緒だよ。あたしがそっちに行くときまで待っててね。ずっと愛してるから」
冷たい唇にそっとキスをした。
そして棺桶が閉まった。

葬儀には、さとみや百合、渉、晴紀はもちろん早川さんも来てくれていた。
「未来……」
早川さんが話しかけてきた。
「久しぶりだね。痩せた？」
早川さんはコクリとうなずいたあと、涙を流した。
「叶わなかった……未来と光輝と二人の赤ちゃんに会いたかった……ちゃんと謝りたかった……」
早川さんの涙があたしの喪服を濡らしていく。
「光輝は幸せものだね……。今度赤ちゃんに会ってくれる？」
あたしがそう言うと、早川さんはうなずいた。
火葬場の外へ出ると煙突から白い煙が出ていた。
光輝が空へ昇っていく——。
唇を噛みしめ煙を見つめた。
「未来……」
声をかけてきたのは晴紀だった。
「顔色悪いけど大丈夫か？」
あたしは小さくうなずく。
「この前はごめんね。あたし、光輝がいなくなることなんて考えられなかった。考えたくなかった。光輝はずっとそばにいるって信じていたかった……」
晴紀はあたしの肩を優しく叩いた。
「泣けよ……我慢すんなよ！　泣けよ！」

そう言われ、あたしはその場にしゃがみ込んだ。
ポロポロとこぼれるしずくが土を濡らしていった。
光輝の骨は、箸《はし》でつまむとポロポロと落ちた。
これが光輝なの……？
あたしの大好きだった光輝は骨だけになってしまった。
みんなで泣きながら、細い光輝の骨を骨つぼに入れた。
冷めて粉々になった骨を泣きながら手で掻き集めた。

## 手紙

光輝はもう、この世にいない。

絶望のどん底にあったあたしを励ましてくれたのは、家族、そして友だちだった。
ありがとう……。
光輝は最後にかけがえのないもの、たくさんの思い出……いろんなものを残してくれた。
光輝の死からしばらくたったときのことだった。
まだあたしが前を向けず、立ち止まっていたとき。
光輝のお母さんから一本の電話が入った。
「未来ちゃん？　元気にしてる？」
受話器から聞こえる光輝のお母さんの声は優しかった。
「今から家に来てほしいの。渡したいものがあるから。さとみちゃんにも電話しておいたわ。みんなで久しぶりに集まるのもいいでしょ？」
「わかりました」
あたしは電話を切り、光輝の家へ向かった。
家へ着き、中へ案内される。光輝の家の匂いがする。
「光輝の部屋のもの、好きなだけ持って行っていいから」
光輝のお母さんにそう言われ、部屋に足を踏み入れる。
光輝の匂い……懐かしくて優しい香り……。

光輝の部屋は、光輝が生きていたときのままだった。
あたしはベッドに顔をうずめた。
ベッドの上には、あたしがクリスマスにプレゼントしたパジャマが載っていた。
あたしは、それをギュッと胸に抱いた。
あたしは光輝が大切にしていたカメラを手に取った。
写真を撮っている光輝の横顔が一番好きだった。
あたしはカメラを握りリビングへ戻った。
「すみません。これ頂いていいですか？」
あたしはカメラを見せ、光輝のお母さんにたずねた。
「懐かしいわね……。それね……主人が使っていたものなの……。光輝はね、主人がいなくなってから今度は自分が母さんを撮ってあげるって、たくさん写真を撮ってくれたの……」
光輝のお母さんの目には涙が浮かんでいた。
「そんな大切なものなんですか」
あたしはそのカメラを光輝のお母さんに渡した。
「未来ちゃんがもらってちょうだい」
光輝のお母さんはそう言ってあたしの前にカメラを差し出した。
「そんな大切なもの……私には受け取れません……」
「未来ちゃんに受け取ってほしいの。あの子は一番それを喜ぶわ」
優しい笑顔だった。

「ありがとうございます」
あたしはカメラを受け取った。
そのときインターホンが鳴り、さとみたちが到着した。
「未来、久しぶりだね」
百合が優しくあたしに微笑んだ。
光輝のお母さんがお茶をいれている間、みんな無言だった。
だれも光輝の話をしようとしない。
「突然来てもらってごめんね。実は渡したいものがあるの」
そう言って光輝のお母さんは、部屋を出て行った。
戻って来たときに持っていたのは、お菓子の空き箱。
「これ、あの子から」
そう言って光輝のお母さんは、みんなへ一通ずつ手紙を渡した。
「あの子がみんなに宛てて書いた手紙よ。読んであげて」
みんなゆっくりと手紙の封を切った。
でもあたしは手紙の封を切ることができなかった。
「これは未来ちゃんに」
目の前に、もう一つ別のお菓子の空き箱が差し出された。
「あの子がね……まだ見ぬ二人の赤ちゃんに宛てて書いた手紙なの……全部で20通あるわ。子どもが20歳になるまで寂しくないようにって書いていたの。最後のほうは手も震えていたの……」
あたしは空き箱を抱きしめた。
空き箱の上にポタポタと涙が落ちた。

二階堂渉へ
お前は俺の親友だ。中学のときから一緒にバカやってたな。
今思うとすっげーくだらないことでもお前と話してると楽しかった。
お前程のやつはどこ探しても見つからねえ。俺の最高の親友だ。
今まで世話になったな。
さとみのこと大切にしてやれよ。
あいつはあぁ見えて脆《もろ》いやつだから。お前がしっかり支えてやれ！
絶対幸せになれよ。
お前の親友矢野光輝より

辻宮さとみへ
お前とは腐れ縁ってやつだったよな。
中学のときのお前はヒドかった。でも高校に入って未来や百合と仲よくなってお前変わったよ。
お前はもっと自分の気持ちに素直になること。
そして俺がいなくなってからの未来を支えてやってほしい。
お前と百合にしか頼めない。
ごめんな。俺がそばにいれないばっかりに……。
渉と仲よくな！
絶対に幸せになれよ！　お前ならなれる。絶対幸せに。

じゃあな。

矢野光輝より

秋山百合へ

百合とは高校に入ってからの付き合いだよな。

いろいろ未来を支えてくれてありがとう。

あいつが辛いときそばにいてくれてありがとう。

俺がいなくなったら未来はどうなるのかわからない。

ただ支えてやってほしい。

さとみと一緒に未来を支えてやってほしいんだ。

最後に無理言ってごめんな。

百合も彼氏できたら絶対幸せになれよ。

矢野光輝より

山本晴紀へ

お前とはほとんど関《かか》わりなかったけど、実は未来をとられるんじゃないかって不安なときもあった。

でも俺はもう未来のそばにいてやることはできない。

本当に情けねえ……。

お前がもし未来のこと本気だとしたら……絶対傷つけない自信があるなら……未来のことよろしく頼む。悔しいけど今の俺にはそれしかできない。未来を幸せにしてやってくれ。
それが最後の願いだ。
晴紀……いろいろありがとうな。
お前とはもっと早く仲よくなりたかった。
今までありがとう。

矢野光輝より

親愛なる母さんへ
母さん、18年間育ててくれてありがとう。
父親がいなくてイライラして母さんに当たった時期もあったよな。
ごめんな。
本当は俺、人を好きになったりつき合ったりするのが怖かった。でも未来は違った。
こいつとなら明るい未来が築けると思ったんだ。
母さんにはいっぱい迷惑かけたよな。
ありがとうでは伝えきれない程。
もっと親孝行してればよかったって後悔してるよ。
なあ……母さん好きな奴でもいたら俺に遠慮せず幸せになってほしい。今の気がかりはそれだけ。
未来と俺の子供のことよろしく頼むよ。
こんな俺を育ててくれてありがとう。

息子より

みんな手紙を読んだあと、涙をこぼした。
光輝のお母さんも、さとみも、渉も、みんなみんな、声を出して泣いていた。
もちろん、あたしも泣いた。

光輝からの最後のプレゼント。
一生懸命生きた光輝からの、たくさんのプレゼント。

素敵な素敵なプレゼント。

## 命の輝き

手紙を受け取ったあと、私は一人光輝との思い出の海に向かった。
その日は晴天。太陽が水面《みなも》に反射しキラキラと輝いていた。
あたしは一人砂浜に座り込んだ。
青い空……。
海から流れる潮の香り……。
光輝と過ごした日々を思い出す。
手を伸ばせば光輝がいるような、そんな感覚がする。
あたしはそこで、さっき受け取った手紙を取り出した。
みんなが封を切ったとき、私は怖くて封を切ることができなかった。
でも今なら大丈夫。
そんな気がしてきた。
光輝の書いた字を指でなぞる。
一つ深呼吸をし、あたしは封を切った。

未来へ
未来がこれを読んでるってことは俺はもう未来のそばにはいないってことだよね。
ごめんね…俺約束したのに最後まで一緒にいれなくて

……

幸せにできなくてごめん。

俺…未来がいなかったらここまで生きれなかったと思う。

未来のおかげだよ。未来は俺が病気で長くないって分かってても一緒にいてくれたよね。

未来とは数え切れない程の幸せな思い出ばかりだよ。

俺高校入ってからずっと未来を見てた。未来の笑っててもいつも冷めてるような目が気になっていた。

心の底から未来に笑って欲しいと思ったんだ。

未来と付き合えたのは運命だと思う。

でも俺が病気になったのも運命だと思う。

だから俺はそれを受け止める。

俺未来の辛さを半分背負うなんてかっこつけてばっかで辛い思いさせてごめんな…。

未来幸せになれよ。未来がこの先新しい恋したって…誰かを愛したって…俺は責めないから。未来には幸せに生きて欲しい。

いつまでも未来と子供守るから。

俺生まれ変わったとしたらまた未来と恋したい……。

未来に出会えて本当によかった。未来のことずっと愛してるよ。

矢野光輝

読み終えると、いっきに涙が溢れた。
口の中にしょっぱい感覚が広がる。
光輝……光輝……。
そのとき、封筒の裏に小さな文字を見つけた。
“寂しくなったら海に来て。俺の残したメッセージを見つけて”
そう書いてあった。
メッセージ……なんだろう。
あたしは手紙をしまい、また歩き出した。
ゆっくりと記憶をたどる。
一年前の夏、ここでなにをしていたか。
あたしは必死に捜した。
思い出した……。
二人で駐輪場の壁に落書きしたんだ。

駐輪場まで走った。
そしてあたしは文字を見つけた。
二人の夢を書いたものだった。
“お嫁さん”
“カメラマン”
その下に小さな文字で、
“幸せになれ。未来は光り輝いている”
そう書かれていた。
あたしはその場に泣き崩れた。

潮の匂いがあたしを包んでいた。
立ち止まってるわけにはいかない。
あたしは前を見て生きる。
あたしは鞄からマジックを取り出し、その下に小さな文字で書いた。
“またあなたと出会い、恋がしたい　2005年7月”
光輝に届いてほしい。あたしのメッセージ。
一生懸命生きた光輝……。
あたしをいつも愛してくれた光輝……。
みんなをいつも思いやっていた光輝……。
金魚すくいが得意な光輝……。
写真を撮るのが大好きな光輝……。
やわらかく優しい、心が温かくなるような写真を撮る光輝。
いつも温かい愛であたしを包んでくれた光輝に、あたしは手紙を書きます。

矢野光輝様へ
あなたはあたしとは正反対にキラキラ輝いてる人でした。

汚れたあたしをきれいだと言ってくれました。
初めてのキス……全部があたしの宝物です。

あなたに出会えて本当によかった。

あなたはあたしのかけがえのない大切な人です。

永遠の愛を誓いました。
あたしは矢野未来になりました。すごくうれしかった。
あたしを愛してくれてありがとう。
幸せをくれてありがとう。

あなたがいなくても心は通じているよね。
あたしはもう一人じゃない。
あなたの結婚指輪はあたしの胸で輝いています。
あたしがそっちに行くまで見守っててね。

赤ちゃんの名前は、愛生《あおい》にしました。
人は死んでも愛は生き続けてるから……。
あなたの分まで愛生を幸せにします。

矢野未来より

## 一歳の君へ

光輝がこの世を去って一年がたとうとしていた。
すごく長く、そしてつらい毎日だった。
愛生の初めての誕生日。
家族みんなでケーキを囲み、愛生の誕生日を祝う。
「愛生、誕生日おめでとう」
みんなで愛生に言ったあと、一本のローソクをあたしが吹き消した。
愛生はキャッキャと言いながらニコニコ笑っている。
その顔は光輝にそっくりだった。
あたしは一人席を立ち、大切な思い出の箱から手紙を一通取り出した。
光輝が亡くなったあと、光輝のお母さんから渡された20通の手紙。
あたしは一通だけ受け取り、残りは毎年愛生の誕生日に送ってくれるよう、光輝のお母さんに頼んだのだ。
愛生のもとへ戻ると、たくさんのプレゼントに囲まれうれしそうな顔。
あたしは愛生を膝の上に乗せ、手紙の封を切った。
そして、声に出して手紙を読み始めた。
それは、すごく温かく、涙が溢れて止まらない。
もちろん、愛生には内容などわかるはずもない。

一歳の君へ
初めまして、パパです。
誕生日おめでとう。そして、パパとママの子どもに生まれて
きてくれてありがとう。
一歳の君は今どうしてる？
元気かな？風邪ひいてないかな？病気してないかな？
もう話せるのかな？パパは今遠いところへいます。
君の成長を近くで見届けてあげられないのが残念でなりません。
ごめんね。
でもパパは空からちゃんと君とママを見守ってるよ。
パパはね、お星になったんだ。まだ難しいかな？本当は毎年君の
誕生日にプレゼントをあげて祝ってあげたいんだ。
でも手紙でがまんしてね。すくすくと大きなかわいい子に成長
するのをいのってます。いつかきっとパパよりすてきな人を見つけて
幸せになって下さい。君の幸せをいのってます。
君のことが大すきなパパより

## 一歳の君へ

初めまして、パパです。
誕生日おめでとう。そして、
パパとママの子どもに生まれてきてくれてありがとう。
一歳の君は今どうしてる?
元気かな?　風邪ひいてないかな?　病気してないかな?
もう話せるのかな?　パパは今遠いところへいます。
君の成長を近くで見届けてあげられないのが残念でなりません。
ごめんね。
でもパパは空からちゃんと君とママを見守ってるよ。
パパはね、お星になったんだ。まだ難しいかな?
本当は毎年君の誕生日にプレゼントをあげて祝ってあげたいんだ。
でも手紙でがまんしてね。
すくすくと大きなかわいい子に成長するのをいのってます。
いつかきっとパパよりすてきな人を見つけて幸せになって下さい。
君の幸せをいのってます。

君のことが大すきなパパより

愛生はギュッとあたしの胸に顔をうずめた。
「愛生……誕生日おめでとう……」
あたしは小さくつぶやいた。
愛生が20歳を迎えるまで書いてくれた手紙。
大きくなり、いずれ光輝の年を越したとき、愛生はなにを思うのだろう。
それはあたしにも、わからない。
けれどあたしは信じてる。
光輝がくれた言葉を胸にこれからも生きていく。
「幸せになれ。未来は光り輝いている」
そうだよね、光輝。
あたしは、また、あなたと出会い恋がしたい。

【END】

# あとがき

最後まで読んで頂きまして誠にありがとうございます。

書籍になってから月日が経ち、文庫にまでして頂きとても嬉しいです。
最初にこの『命の輝き』を書き始めた時の事を思い出し、今は懐かしく思います。
どん底だった時期、幸せを手にした頃、悲しい別れをした時……短い期間で本当にたくさんのことがありました。
辛くて泣いてばかりの頃もありました。
そんな時期があったから今の自分がいる。今の生活がある。
無駄だった事は一つもない。
そう思います。

生きていくことは簡単なようで難しいです。
人を傷つけたり……人に傷つけられたり……。
躓《つまず》いて前に進めないこともあります。
辛くて悲しい時もあります。
そんな時は思いきり泣いて少し休んでゆっくり前に進みましょう。
きっとその先には光があるはずです。

人との出会い、人との関わり、一瞬一瞬を大切に生きて下さい。

みなさんの幸せを心からお祈りします。
みなさんの未来も光り輝くものでありますように……
ここに願いを込めて……

未来

本書に対するご意見、ご感想をお寄せください。

あて先

〒102-8584
東京都千代田区富士見1-8-19

アスキー・メディアワークス
魔法のiらんど文庫編集部
「未来先生」係

著者・未来 ホームページ
「たいせつなあなたへ…」
http://ip.tosp.co.jp/i.asp?i=aoi00miku

「魔法の図書館」
（魔法のiらんど内）
http://4646.maho.jp/

魔法のiらんど

1999年にスタートしたケータイ（携帯電話）向け無料ホームページ作成サービス（パソコンからの利用も可）。現在、月間35億ページビュー、月間600万人の利用者数を誇るモバイル最大級コミュニティサービスに拡大している（2009年1月末）。近年、魔法のiらんど独自の小説執筆・公開機能を利用してケータイ小説を連載するインディーズ作家が急増。これを受けて2006年3月には、ケータイ小説総合サイト「魔法の図書館」をオープンした。魔法のiらんどで公開されている小説は、現在100万タイトルを越え、口コミで人気が広がり書籍化された小説はこれまでに140タイトル以上、累計発行部数は1,700万部を突破（2009年1月末）。ミリオンセラーとなった『恋空』（美嘉・著）は2007年11月映画化、翌年8月にはテレビドラマ化された。2007年10月「魔法のiらんど文庫」を創刊。文庫化、コミック化、映画化など、その世界を広げている。

魔法のiらんど文庫

# 命の輝き

2010年1月25日　初版発行
2011年7月7日　10版発行

著者　未来

装丁・デザイン　カマベヨシヒコ（ZEN）

発行者　高野 潔

発行所　株式会社アスキー・メディアワークス
〒102-8584
東京都千代田区富士見1-8-19
電話03-5216-8376（編集）

発売元　株式会社角川グループパブリッシング
〒102-8177
東京都千代田区富士見2-13-3
電話03-3238-8605（営業）

印刷・製本　図書印刷株式会社



小社ホームページ　http://asciimw.jp/


ISBN978-4-04-868268-8　C0193

# 魔法のiらんど文庫創刊のことば

『魔法のiらんど』は広大な大地です。その大地に若くて新しい世代の人々が、さまざまな夢と感動の種を蒔いています。私達は、その夢や感動の種が育ち、花となり輝きを増すように、土地を耕し水をまき、健全で安心・安全なケータイネットワークコミュニケーションの新しい文化の場を創ってきました。その『魔法のiらんど』から生まれた物語は、著者と読者が一体となって、感動のキャッチボールをしながら生み出された、まったく新しい創造物です。

そしていつしか私達は、多数の読者から、ケータイで既に何回も読んでしまったはずの物語を「自分の大切な宝物」、「心の支え」として、いつも自分の身の回りに置いておきたいと切望する声を受け取るようになりました。

現代というこのスピードの速い時代に、ケータイインターネットという双方向通信の新しい技術によって、今、私達は人類史上、かつて例を見ない巨大な変革期を迎えようとしています。私達は、既成の枠をこえて生まれた数々の新しい物語を、新鮮で強烈な新しい形の文庫として再創造し、日本のこれからをかたちづくる若くて新しい世代の人々に、心をこめて届けたいと思っています。

この文庫が「日本の新しい文化の発信地」となり、読む感動、手の中にある喜び、あるいは精神の支えとして、多くの人々の心の一隅を占めるものとなることを信じ、ここに『魔法のiらんど文庫』を出版します。

2007年10月25日

株式会社 魔法のiらんど
谷井 玲

片翼の瞳
teddy bear
Love Heart
一期一会
泣き顔にKISS
ドキドキ・ドロップ
maho no iland bunko
魔法のiらんど文庫
毎月
25日発売
Seven Love
恋空
Dear
My Treasure
春恋
Sweet Honey
手を繋ごう
いぢわる3兄弟